U0020203

亞平童話
月光溫泉

亞 平 著　徐錦成 主編

許文綺 圖

目 錄

Fairy Tales

目 錄

Fairy Tales

纖纖如詩的童話

游珮芸

　　讀亞平的童話，最初的印象是乾淨、透明、舒服，就像是一陣陣初春的微風，讀來行雲流水，輕鬆沒有負擔。若是冬天，很適合一面啜飲一杯溫熱清茶；若是夏天，或許可以配一碗滴了檸檬汁的愛玉冰。

　　這本童話集裡，收集了亞平從二〇〇五年到近期創作的故事，筆耕不輟的她，在教學之餘，用她獨特的詩意視角，活潑生動的想像力，描寫了萬物有情的世界。極短篇的童話中，雖然刻畫的是小朋友們日常看見的小葉子、蒲公英、鬼針草……，但在亞平筆下，這些稀鬆平常的植物，卻有十分細膩的情感，多情又浪漫。

　　在〈蟬和夏天〉中，亞平寫蟬尋找自我肯定，一一詢問小動物們最喜歡的歌聲，卻得不到希求的答案，蟬終於不再唱歌，開始聽自己之外的各種歌聲，才發現了這個世界的豐饒，心滿意足地結束生命。故事最後一句：「小動物們開始

尋找蟬的叫聲」。嘎然而止，餘韻繚繞。沒有明確、饒舌的寓意，但留下美感，也給小讀者們解讀與詮釋的空間。

　　除了擅長詩意和甜美的描寫，亞平的童話故事裡，更有令人眼睛一亮的趣味想像。〈鼾聲泡泡〉中，主角蚊子斑斑不愛吸血，卻專吸人們打呼的鼾聲。

　　熟睡的鼾聲是一圈可愛的圓泡泡，在黑忽忽的夜裡，一圈一圈往上冒。（中略）

　　泡泡有各式各樣的顏色。

　　小豬夢到了好吃的巧克力冰淇淋，他的泡泡是咖啡色；小鳥夢到了一大片美麗的向日葵園，泡泡呈現出光燦耀眼的金黃色；兔子因為太愛吃紅蘿蔔了，所以她擁有粉橘色的鼾聲泡泡；小金魚的鼾聲泡泡冰冰涼涼，反射著透明的夢幻藍；小妹妹天天眷戀著爸爸媽媽甜蜜的親吻，所以她的泡泡閃現著斑斕的彩色！

　　好一個色彩繽紛的鼾聲泡泡世界！讀來愉快，充滿躍動的畫面感。

寫森林裡的動物們在月圓之夜「月光溫泉」的場面時：

　　當月暈籠罩住整個松樹尖時，一陣風來，松尖用力一挑：天啊！月亮破了，一股純白的泉汁噴將而下，衝擊所有動物的臉、四肢、羽翅……充沛的泉汁，晶瑩似奶，滑嫩如漿，兜頭澆下，全身戰慄，通體清涼；而那清涼感還會慢慢往內擴散，頓時感受到身心靈一片輕盈！阿力心酥了，體鬆了，神弛了，幾幾乎就要飛天而去！

　　這一段描寫月光玄妙的「能量」沁透有情眾生的身體，進而洗滌心靈塵埃，很像是大俠在練氣功，吸收月光精華，幾筆勾來，層次豐富，讓人身歷其境，感同身受。
　　亞平文字的美，是她的童話重要的質地，像是童話花園裡豐饒的土壤，而故事自在的想像力與萬物有情的眼界，是欣然綻放的彩色花朵，邀請讀者像蝴蝶般在花叢小草間輕盈飛翔、玩賞採蜜。希望亞平繼續不斷耕植她的花園，讓讀者們除了娉婷的花草，有一天也可以在園子裡找到大樹攀爬。

編輯前言

呼喚童心

徐錦成

　　童話，是魅力獨具的文類。一個人兒時接觸到的童話，往往影響其一生。一個文明的童話，也往往反映出──甚至型塑了──這個文明的人民性格。

　　童話一方面是活潑的，但同時也是溫和的。

　　活潑，因此我們可以從童話中看出一個文明的想像力與創造力。

　　溫和，因此童話界少有話題、少有論戰，以致文壇的聚光燈也難得打在童話身上。

　　童話的發展跟文學的發展息息相關。但從文壇的現狀看，詩、小說、散文是三大主流文類；戲劇作品不多，但也有其地位。至於童話，與前四者相較無疑最為寂寞。文學界長期的忽略，使童話受到的肯定遠遠不及她本身的成就。

　　是該重新認識並重視童話的時候了！

　　童話，是呼喚童心的文學。不只屬於兒童，也屬於所有童心未泯或想尋回童心的成年人。而童心，在任何時代、任何社會都是最寶貴的。錯過童話，對喜歡文學的讀者來說是

一大損失。

　　九歌出版公司自二〇〇三年開始推出「年度童話選」，獲得廣大迴響。如今又推出「童話列車」，在台灣兒童文學出版上更是史無前例的大事。以往的童話選集，不論依類型或依年代來編，都是集體作者的合集。而這次，我們以個人為基準，要為童話作家編出一部部足以彰顯其成就的代表作。

　　在作家的選擇上，所有資深的前輩作家以及活力旺盛的中生代作家，只要作品具有一定的質量，都是我們希望合作的對象。而作家的來源也不限於台灣。我們放眼華文世界，希望能為各地的優秀華文童話家出版選集。

　　在篇目的選擇上，則由編者與作者深入溝通，務必使所收錄的作品能確實具有代表性、能充分展現作者的風格。每本書末皆有一篇賞析專文，用意在提醒讀者留意該作家的童話特色。

　　我們希望透過這一系列精選集，向優異而豐富的華文童話家致敬。更期望大小讀者能透過他們的作品，品味到文學的童心。

關於土地——
這位童話創作者

我幼年時所讀的第一本故事書，不是安徒生童話，也不是格林作品，而是土地——這位童話家大筆揮就的金裝版故事。

約莫是國小四年級的冬天，我乖乖遵從老師囑咐在寒假冷天裡到校練習大會舞。九點多光景就作完了練習，大家一哄而去，做鳥獸散。

我一個人走在回家的路上。

平日的我上下學是不孤寂的，總有鄰居同學或姐妹陪伴；但今日的我特別孤單，不光是天寒冷冽，舞藝精湛也讓我和同伴間拉大了距離，所以踽踽獨行在產業道路上的我，身形顯得更加纖弱細小。

我邊走邊玩。跟蜜蜂玩，跟花朵玩，再把蜜蜂藏在花朵裡玩。等我玩膩了，抬起頭來，不覺得倒吸一口氣：一整片的油菜花田從眼前開展到天邊，無邊無際，無漫無涯，金燦燦，亮閃閃，像是一汪金色海洋，我莫名其妙地失足掉落卻又自甘於陷溺在這金色的泥沼不願爬起了。

我縱身進入這金色的花田裡奔跑、玩樂、尋覓、躲藏，自得其樂，盡情暢快，直到一束陽光驀然打在花田上，一時間，蜜蜂蝴蝶，嗡嗡飛飛，轟然地把我的思緒全都抽光──我就這麼楞楞地瞪著這花田、陽光、無數游移的蜂蝶好半天，一句話都說不得。

　　這是我第一次讀到「燙金版」的童話故事，出自於「土地」這位低調又認真的作者。那一次，我好像醍醐灌頂，不但讀通了油菜花田的童話，也開始對他的其他作品充滿興趣。

　　計有：

　　「平裝版」的〈綠色秧苗小精靈之歌〉、

　　「豪華版」的〈金色稻龍變身記〉、

　　「家庭版」的〈白蘿蔔公主和紅蘿蔔王子〉、

　　「手工版」的〈小小泥塊歷險記〉，

　　以及「絕版」的「柳樹精大戰蛤蟆王〉等。

　　真好看呀！劇情精彩，人物鮮明，每次讀又有不同的體會，我每天讀、每年讀，把這些童話的「魂」通通讀進心裡。

　　待我長大離家，工作就業，已經很少再想起這些故事的時候，有一天，突然有個種子在我心田裡冒出芽了。

它屢屢召喚著我：寫呀，寫呀，妳也寫個故事來看看吧！

我一直不敢提筆。直到一日，一枚小葉子在菩提樹上抖擻，乘著陽光的翅膀，俏皮精靈，才知道這枚芽已經生根茁壯，這枝筆已經蓄勢待發，不寫不行了。

《月光溫泉》這本集子裡收集的是十年來我最滿意也最喜愛的童話作品，它的主題無非是花開、葉落、光影、和一點點的詩意。主題雖簡單，但我想方設法，用童話去包裝它，希望入口容易，回味卻是無窮──這是當年〈油菜花田〉那篇作品所帶給我的深刻啟示。幸運的是，這些作品有些得了獎，有些被選入九歌的年度童話選集或國語日報的童話精選集，不論得獎或入選，對於初初握筆的我，都是一個很大的鼓勵。

遺憾的是，時光遭遞，當年那位創作力旺盛的作家，近年來卻不得不封筆了──一棟棟建物鎮壓在上面，想寫都難。

於是我野人獻曝地想將這本集子獻給我的童年，以及盛載童年的那塊土地──感謝祂的賜予和潤澤，讓昔日孤獨而敏感的孩子得以透過一枝筆傳達心靈的悸動。

我只是將〈油菜花田〉的童話依照我的方式繼續寫下去，樸素虔敬，自在隨意，甘之若飴。

小葉子剛出生時，小小的，嫩嫩的，綠綠的。

　　他怯生生地張開對世界的第一眼：「哇！好美麗喲！」

　　柔柔亮亮的陽光，清涼香甜的微風，各式繽紛的花朵，各種悅耳的鳥叫聲，這世界的確太美妙了。

　　小葉子很快地長大，並且和一股軟風兒交上了朋友。

　　這股軟風是陣春風，最愛在菩提樹間晃盪，小葉子初生的嬌翠容顏惹得他不停來逗弄，他倆，成了最要好的朋友。

　　小葉子喜歡和軟風玩搔癢遊戲：風只是輕輕一動，他就咯咯咯笑個不停，成了樹梢頭動得最厲害的一枚小葉子。

　　小葉子也愛和軟風玩調皮遊戲：風只是輕輕一動，一盆盆剛盛好的陽光脆片瞬時打翻，小葉子努力搖擺，讓光影像下雪紛紛灑落下來……太陽氣得吹鬍子瞪眼睛。

　　和好朋友在一起的日子多快樂呀！

　　但是夏天要結束的那一天，軟風兒卻向小葉子說再見
了。

　　「我已經停留了兩季，不能不走了。當第一道秋風吹
起時，我就得飛向南方，小葉子，我可能無法再回來找你
了。」

　　小葉子含著眼淚點點頭，他知道那是風兒的宿命；就
如同他自己也有自己的宿命。

「讓我送你一份禮物！明天，第一道陽光亮起時，一定要來找我，你陪我長大，我也要送你一份難忘的回憶。」

小葉子已經變成一枚大葉子了，青壯的身形，軟厚結實，只有葉末的那一勾還留有些緋紅的稚氣。

軟風兒第二天依約前來，他驚訝地發現小葉子身上有個毛毛蟲咬的破洞，他心疼地說：「很痛吧！」

「不！那正是我要送給你的禮物，來吧，好朋友，從這個洞鑽過去，珍重再見了。」

軟風兒疑惑地看著扭著身子的小葉子，他獻上最後一次親吻，咬牙一鑽……

一道清脆嘹亮的葉笛聲隨風響起，風吹越遠，葉笛聲就傳多遠，悠揚的笛聲中，隱約留有葉的清香……

小葉子 ★

Part.02

黃金海

Fairy Tales

蒲公英一生一次的旅行終於要展開了。

亮亮和他的兄弟姐妹們都興奮得睡不著覺。

有人期待大海壯闊的容顏；有人嚮往白雲的故鄉；有人計畫好要去高山上訪友；有人則意圖去城市探險……

亮亮還不知道要去哪裡。

他說：「就讓風帶我去該去的地方吧！」

大伙兒開始收拾行李。

青青帶的是一大包的種子；毛毛帶的是一縷自己枯萎的花瓣；白白挖了一坨腳下的泥土；飛飛將又甜又甘的露水裝滿壺，他說：「水是故鄉甜！」

亮亮不知道自己該帶什麼。

他想既然我叫亮亮，就帶走三方薄薄脆脆的陽光吧！這三方陽光最愛在亮亮身上遛達，照在身上暖酥酥，溶進身體癢絲絲，是三塊越吃越可口，越吃越上癮的金黃洋芋片哪！

亮亮也沒經過他們的同意，在十點鐘光景，他們來找亮亮玩耍時，一摺二摺三摺，陽光摺成了一小片輕巧又方便的乾糧包。

　　背起背包，鬆好絨毛，
長長的旅行就等風婆婆下口
令了。

　　1、2、3……

　　一散……

　　千里……

　　飛行的感覺真好。

　　亮亮將身體放輕鬆，自在地隨著風婆婆的舞姿上升、
下潛、左翻、右滾……

　　他的眼睛張得大大的，彷彿要將每一處的美景都貪婪
地印在腦海裡……

　　他降落在一窪潮溼陰暗的黑洞裡。

　　　亮亮有點兒害怕，他最後的家果然和別人不太一
樣，「但是，也許這正是我的使命吧！」他將三方陽
光拿出來，晶瑩溫潤的光芒，讓他想起了花園裡早上
十點鐘陽光和軟風的撫觸，他感到安心。

「光！有光！這裡怎麼會有光！」

一隻鼬鼠驚奇地跑出洞外，訝異地看著亮亮。

「我一生都活在這個黑暗的地洞裡，很少看見陽光，也沒有別的朋友來訪，能遇見你太好了，這麼美麗的陽光真是溫暖呀！」

鼴鼠的熱情也讓亮亮舒適溫暖。

他們共享了一個冬天的溫暖陽光。

然後亮亮發芽了，茁壯了。他的莖直挺挺地衝出地面，在陰暗的山洞裡開著唯一的一小朵蒲公英花。

然後，一朵蒲公英漫成一大片蒲公英花海。

這片花海，成了附近的動物們最愛來曬太陽的地方。

即使陽光不來，來這兒沾染一下花瓣上金黃色的色澤，也讓他們精神奕奕。

他們暱稱這是「黃金海」。

亮亮不知為什麼自己會變成「黃金海」？他不是飛到山洞裡？怎會又跑到海邊去？不管如何，他倒是做了該做的事。

三方陽光早融了，但是，今天的陽光也不錯！

飛行，是很久以前的事了……

——原載 2005 年 2 月 8 日《國語日報》

★ 黃金海 ★

Part.03

鬼針草

Fairy Tales

鬼針草因為鬼頭鬼腦，喜歡探查別人的祕密而受到大家的排擠。

他覺得好沮喪。

他從沒有主動去追查別人的八卦消息，長相也是上天注定，為什麼得不到大家的喜愛？

只有鼠麴草默默地支持他、陪伴他，邀他欣賞花片上輕盈多彩的光和影。

有一天，鬼針草突然挺身而出，大聲地向花園裡的同伴昭告：「我偵查到一個大祕密了！」

祕密？

這句話像一聲悶雷，打在大伙兒陰晴不定的心坎上。

玫瑰想：「他該不會是看到我偷飲了日日春花瓣上的露珠吧！」

杜鵑想：「我擋住了嬌小的桂花，多晒了幾方柔軟明亮的陽光，難道被他發現？」

孤挺花想：「不讓紋白蝶來採粉是多年前的舊事了，他怎麼會知道？」

……

鬼針草也不多話，只說三天後才要公開祕密。

這三天，鬼針草的人緣突然變好了。

★ 鬼針草 ★

玫瑰慷慨地捻下一片嬌美的花瓣讓他做床墊；孤挺花和他分享孤挺的心事；杜鵑讚美他的鬼針，可以四處遨遊探險，一物多用！

　　鬼針草還是不言語，這一切他都放在心底，依舊靜靜地和鼠麴草研究花片上小蟲午睡的痕跡。

　　三天後，公布祕密的時間到了。

　　大伙兒屏氣凝神，專心聆聽鬼針草宣布：

　　……

　　「下午三點鐘的陽光最醇最美，長期飲用，身體健康，養顏美容。」

　　……

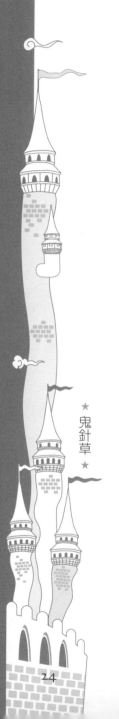

沒了？

沒了！

大伙兒喧鬧起來：「這算是什麼祕密？」

玫瑰氣得戳戳身上的刺：「這種消息連我身上的這根刺都探聽得出來！」

鬼針草倒是氣定神閒：「其實我本來就偵查不出什麼大祕密！難道你有什麼祕密？」

一時間，大伙都靜默了。

……

「對我而言，這就是值得分享的大祕密。」

……

風兒沙沙地吹著樹梢；陽光磨蹭著貓似的腳步，下午三點鐘的陽光來了，薰薰然地照在大伙兒身上，像施了魔法一般，很香、很醇、很美，每一枚葉片，每一片花瓣都閃耀出絲絨的光澤，微醺的光彩……

鼠麴草笑吟吟地說：「這祕密真好！」

——原載 2005 年 5 月 11 日《國語日報》

★ 鬼針草 ★

Part.04

蟬和夏天

蟬狠狠地叫了一個夏天後，他想要休息了。

休息前，他想要知道，這個夏天他的歌聲到底帶給大家多少的歡樂 。

他問魚兒：今年夏天最美的歌聲是什麼？

「當然是青蛙的大合唱了！」

魚兒不假思索地說：「氣勢宏偉、振奮人心，是我見過最棒的搖滾樂團！」

他問蝴蝶：今年夏天最美的歌聲是什麼？

「紡織娘的搖籃曲最好聽了！」蝴蝶陶醉地說：「又

輕柔又動聽，是我的安眠曲咧！」

他問小鳥：今年夏天最美的歌聲是什麼？

「夜鶯是鳥中之后，再也沒人比得上她歌聲優美動人！」

蟬喪氣了！

他那麼賣力地吟唱了一個夏天，卻沒人記得他的歌聲。

「難道，真的有比我更美的聲音？」

蟬不再唱歌，他開始豎起耳朵、努力諦聽。

沒有自己聲音的干擾，他真的聽到好多不同的聲音：

27

　　青蛙的搖滾樂、紡織娘的安眠曲、夜鶯的女聲獨唱，甚至風吹口哨的聲音、花開的聲音、樹葉在陽光的懷抱裡歡笑的聲音、小溪尖叫跳過石頭的聲音……

　　蟬滿足地嘆了一口氣，悠悠閉上眼睛，從樹上掉落。

　　小動物們開始尋找蟬的叫聲。

——原載 2004 年 6 月 5 日《國語日報》

★ 蟬和夏天 ★

Part.05

芋葉上的露珠

Fairy Tales

清晨，下了一場大雨。

雨停了，芋葉上轉動著無數晶瑩剔透的露珠。

一隻蝸牛在田埂上爬行。他看了一眼芋田，忍不住讚嘆起來：哇！好美呀！

「是呀，最美的露珠就是我了！瞧我又大又圓，誰能比得上我？」一片大芋葉上的露珠自傲地說著。

風來了，大芋葉承受不住露珠的重量，「噗通」一聲，最大的露珠竟然就這麼消失在芋田裡了。

「大顆有什麼用！看看我吧！我是顆會滾動的露珠喲！滾滾滾，滾滾滾……」碧綠的葉子上，盛著一顆會滾動的露珠，真美，只差不能把它拾起來串珍珠項鍊罷了。

但是，這片芋葉太小，露珠滾呀滾，一不小心滾出葉子邊緣。一隻蝴蝶看呆了，趕忙飛過去尋找：「還有一支舞曲沒有跳完呀？小露珠，你跳到哪兒去了？」

水田，靜靜的，只有二三道水波。

蝴蝶找得乏了，拍拍翅膀飛走了。

「可以請你再傾斜一點好嗎？對！就是這樣的姿勢不要動！等一下，風來的時候，我要跳到你那兒去。」一顆小露珠精神奕奕地對另一芋葉說著。

　　果然，風來的時候，小露珠奮力一跳，跳到一片比較大的芋葉上去了。

　　小瓢蟲問他：

　　「為什麼你要這樣跳來跳去？」

　　「因為我不喜歡待在下面的葉子裡，即使自己再漂亮，別人都欣賞不到。我要奮力往上跳，跳到最上面的芋葉，這樣，我就容易成為別人注目的焦點了。」

　　這顆有志氣的小露珠果然在下一陣風來的時候，又順利地往上跳，只是，還沒跳到最上一葉，一失足，就跌落到水田裡去了。

　　小瓢蟲飛到另一片葉子上詢問一顆露珠：

　　「請問：我可以吃了你嗎？」

　　「不行！」

「我是顆漂亮的露珠，我要待在芋葉上，等待欣賞的人來。有眼光的人，會為我的美所吸引，如果能等到他的一句讚嘆，那我這一生就值得了！」

小瓢蟲有點搞不清楚，為什麼一句讚嘆的話就值得一生？

突然，他聽到有人在叫他：

「小瓢蟲，你過來，你吃了我吧！」

小瓢蟲很好奇地飛過去：

「為什麼你不怕我吃？」

「我也想當一顆美麗的露珠呀！但我更想當一顆有用的露珠，我的清涼可以讓你解渴，我的清甜可以讓你舒暢，對你而言，我是一顆很有用的露珠，我想，這比什麼都重要。」

小瓢蟲果然一口把小露珠吃了，清冽的味道讓他忍不住精神百倍，在太陽出來時，他張開翅膀往前飛去，美麗的色彩在陽光下，幻化成一道斑斕的影子……

蝸牛繼續往前爬，風繼續吹，而所有的露珠，一瞬間，全都不見了。

——原載 2000 年 2 月 3 日《國語日報》

★ 芋葉上的露珠 ★

Part.06

鼾聲泡泡

Fairy Tales

蚊子斑斑不愛吸血。

他的癖好是專吸人們打呼的鼾聲。

熟睡的鼾聲是一圈可愛的圓泡泡，
在黑忽忽的夜裡，一圈一圈往上冒。

只要看到這種泡泡，斑斑立刻二話不說，伸出他的
口器將泡泡吸進自己的收集袋裡。

泡泡有各式各樣的顏色。

小豬夢到了好吃的巧克力冰淇淋，他的泡泡是咖啡
色；小鳥夢到了一大片美麗的向日葵園，泡泡呈現出光
燦耀眼的金黃色；兔子因為太愛吃紅蘿蔔了，所以她擁
有橘紅色的鼾聲泡泡；小金魚的鼾聲泡泡冰冰涼涼，反
射著透明的夢幻藍；小妹妹天天眷戀著爸爸媽媽甜蜜的
親吻，所以她的泡泡閃現著斑斕的彩色！

有的鼾聲泡泡太大了，斑斑得花好幾天好幾夜的時
間採集；有的鼾聲泡泡太小了，斑斑得瞪大眼睛仔細

找；不管是什麼樣的泡泡，都有一個共同的特點：一瞬即破！所以斑斑必須養成眼明手快的功夫，在鼾聲泡泡剛孵出、未破前，趕快吸進收集袋內。

收集這麼多的鼾聲做什麼？

這可是一帖治療失眠的良藥啊！

小雞媽媽失去了可愛的雞寶寶，悲傷得整夜難眠，斑斑將小妹妹的鼾聲泡泡注入，雞媽媽瞬時甜蜜地睡著了。

牛伯伯傷了後腿，痛得整夜呻吟睡不著，斑斑將金黃色的鼾聲泡泡注入，嘿嘿！一夜好眠後，牛伯伯的傷勢好了一大半。

還有愛操煩的鴨媽媽、怕起不了床的公雞大哥、青蛙小弟、松鼠姐姐，都是斑斑的忠實顧客。

好口碑傳出去後，斑斑更忙了！

泡泡只有三天的保鮮期，他得努力補充貨源；此外，

還要躲避人類無情的巴掌聲，一掌下去可是一命嗚呼呀！

有一天，斑斑忙完工作正準備睡覺時，糟糕！他發現他的精神非常好，無論如何都閉不了眼睛，難不成……

「我也失眠了！！」

是的，斑斑失眠了，當他睜著無神的雙眼，疲倦的面容，下垂的雙翅，大家立刻猜到斑斑失眠了！

怎麼辦？

用鼾聲泡泡就對了！

大伙兒七手八腳地幫斑斑選了一個夢幻藍的泡泡，打算讓他做個冰冰涼涼的夢。

哦！不行！怎樣把泡泡注入斑斑的體內？

自己刺自己？找另一隻蚊子？請蜜蜂幫忙？

都不行……

正當大伙焦頭爛額之際，小雞媽媽聞訊而來，馬上發揮了媽媽的睿智：「注射不行，就改口服嘛！」

她將藍色泡泡和入水中輕輕攪拌，再讓斑斑喝下去，嘿！斑斑果然慢慢閉上眼睛，進入夢鄉……

原來，鼾聲泡泡，注射口服，全都有效！

鼾聲泡泡

Part.07

湖畔的眼睫毛

Fairy Tales

森林裡，有一座湖。

湖水藍藍綠綠的，像一雙美麗的眼睛。

湖岸邊種了一大片白茫茫的蘆葦草，蘆葦草搖啊搖，像是眼睛旁美麗的眼睫毛。

每天，都有很多人在湖畔散步運動；也有來湖畔畫畫的，他們靜靜地不發一語，默默地將湖水的靈魂畫進圖畫紙裡。

有一位少女，很喜歡來湖畔畫畫，一畫就是一整天。

每次她畫完，總是會將畫紙轉向湖水，轉向青山綠樹，似乎是在詢問他們：「喜歡我的畫嗎？」

當然喜歡——能夠成為被繪畫的對象，就是一件光榮的事——湖水和綠樹們當然喜歡！何況和同伴們交換欣賞的意見，感覺也挺不錯！

不過，今天，當少女把畫作轉向他們時，大伙兒倒是嚇了一大跳。

白色的蘆葦草被畫成一大片紫色的蘆葦草，這是怎麼一回事？

「紫色的眼睫毛，神祕又高貴！」少女只丟下這一句話，揮揮手，帶著畫作畫具就回家了。

蘆葦草好訝異，他們從沒想過自己會變身為一大叢紫

色的蘆葦草。藍綠色的眼睛，抹上紫色的睫毛膏，這，不怪異嗎？

「這才是今年最新流行的時尚彩妝！」甫從北方飛回來的大雁，自詡是流行專家，開始發表他的看法。

「少女可能覺得白色的蘆葦草太單調了，想要幫你們換妝一下。難道你們不知道今年北國最流行的顏色就是紫嗎？」

「像薰衣草那種紫色嗎？」

「答對了！」

「很多遊客為了欣賞那一大片飽滿亮澤的紫，還特地北上！想想看，如果綠盈盈的湖水旁，搖曳著一大叢紫色的蘆葦草……嘖嘖！強烈的色彩，會讓整座湖水都亮了起來！」

蘆葦草被大雁說得有些心動了。

他們交頭接耳地討論著，在純潔的白和神祕的紫間游移，最後他們終於請求大雁送給他們魔幻紫色眼影——只需一滴滴在根部，那夢幻色彩瞬間就能顯現。

第二天清晨，紫色的蘆葦草果然轟動了整個森林。

想想看，薄霧瀰漫的清晨，閃亮亮的湖水旁，一片朦朧又高貴的紫……那是整座森林最令人心動的顏色啊！

女孩兒下次又來畫畫時，看到她的畫作竟然成真，臉上的表情有些兒高興又有些兒得意——她彷彿在邀功：瞧我幫你們搭配的新顏色，不賴吧！

　　然後，她又靜靜地畫了一整天。

　　畫完時，照例，她又將畫作轉向湖畔——

　　不得了，夢幻紫不見了，湖岸旁怎麼一片金燦燦的黃？

　　「黃色眼睫毛，活潑又熱情！」少女丟下這句話，揮揮手，走了。

　　一大片的蘆葦草可又急壞了：「她，她怎麼又改變心意，把我們塗成黃色？唉？這是枯乾的顏色啊！難道她希望我們像秋天的落葉，枯乾掉落？」

　　「不不不，你們誤會了。」才從南方回國的天鵝高傲地伸長脖子，氣定神閒地說：「這是今年南方最搶眼的色彩啊！我一路飛過來，看到的就是這金燦燦的黃，從向日葵、油菜花，一大片一大片向北方蔓延……，聽說，這顏色代表的是年輕、熱情，有活力！唉！你們不覺這座森林太死氣沉沉嗎？不是綠就是藍或紫，如果有一大片明亮亮的黃，將湖水映照得更深邃，整座森林也會更年輕啊！」

　　一番話講得蘆葦草沒人吭氣反駁。

湖畔的眼睫毛

「對嘛，我們好年輕，不要裝老氣吧！」

「黃色好可愛，我也很想試試看。」

很快的，蘆葦草達成共識，他們請天鵝送來明亮黃色眼影——只需一滴滴在根部，明亮的色彩馬上就能顯現。

第二天早晨，黃色的蘆葦草果然又轟動了整座森林。

想想看，夕陽西下的黃昏，綠瑩瑩的湖水旁，一片金燦豔麗的黃……這樣豐實的顏色，只消瞥一眼，心裡頭就盛滿一汪洋的悸動啊！

女孩兒又來畫畫了！當她看到上次的畫作成真時，她只是瞇著眼睛左打量右打量，扔下一句：「好！」就又去畫畫了。

不過，今天的她一點也不專心。

她不時地撓撓頭，攏攏髮，一會兒嘆氣，一會兒發呆。

黃色的蘆葦草向她微笑，她愁著眉。

碧綠的湖水升騰出一股冰涼的水氣撲向她，她苦著臉。

陽光在綠葉間跳舞，逗得她忽明忽暗，她像個雕像，一點也不在意。

好不容易畫好畫，少女匆匆收拾畫具就走了。走了幾

步，忽然想起一件事似的，再把畫兒拿出來，攤向湖畔綠樹，十秒後，什麼也沒說，又走了。

看到畫作，湖畔綠樹沒有一個發得出聲音：**黑色，整張畫是滿滿的黑色啊！**

沉沉的黑。

鬱鬱的黑。

「這是哪一區的時髦彩妝？」蘆葦草問。

「這是哪一國的流行色彩？」綠樹問。

大雁不講話。

天鵝也搖搖頭。

為什麼會有人用黑色來作畫？黑色不是一個最難看的顏色嗎？

大伙兒思索著，許久許久都想不出答案。

「她應該是心情不好吧！」一株小草怯生生地說話了。

「只有心情不好的人才會用黑色來作畫；才會在畫紙上塗滿黑色。」

「那我們是否也要變成黑色？」

「你心情不好？」小草反問。

「沒有啊！」

★ 湖畔的眼睫毛 ★

44

「那我們何必跟著她！我們應該呈現出最自然，最原始的色彩，讓她一看到我們，心情就變好！」

「自然？原始？」

大家紛紛投來疑惑的眼神，小草害羞了，頭低低的：「因為⋯⋯，越自然，越舒服啊！」

綠樹笑了，湖水笑了，蘆葦草也笑了，因為黑色的一幅畫所衍生出來的困擾，霎時雲消霧散了。

隔天一大早，少女急匆匆地跑到湖邊。

迎接她的，卻是最自然的一幅畫。

她撫撫胸口：「好險，沒有變成黑怪物。」

她開始畫畫。

畫得很快。

畫作攤開來時，哇——，藍天、綠樹、淡青的水、白色蒼茫的蘆葦草⋯⋯

「還是這樣最美！」少女臉帶微笑，極目遠眺說。

所有景物懸得高高的一顆心，霎時，也都放鬆了。

一枝蘆葦花撲到少女的臉頰上，癢得她高聲輕笑；少女拈起這朵蘆葦花，對著湖面，用力一吹。

陽光摟著薄霧，在湖面上款款起舞；白色的蘆葦花也

隨之翻飛，舞姿輕盈，成了瑩綠的湖面上最耀眼的一抹白
……

森林裡，有一座湖。

湖水藍藍綠綠的，像一雙美麗的眼睛。

湖岸邊種了一大片白茫茫的蘆葦草，蘆葦草搖啊搖，
像是眼睛旁美麗的眼睫毛。

這是全世界最獨一無二純白的眼睫毛。

──原載 2006 年 7 月 27 ～ 28 日《國語日報》

Part.08

絲瓜寫字

絲瓜想要學寫字。

他看好菜園旁一座廢棄的破磚房，說：「這麼整齊的格子，一排一排，不就是最好的練習簿？」

空心菜笑他：「絲瓜也想寫字？絲瓜能寫出什麼字？難不成他會寫出『**好吃**』兩字，讓農夫急著把他摘下來吃？」

菜園裡所有的青菜都笑了，笑得東倒西歪，笑得枝葉亂舞，連紅蘿蔔也從泥土裡探出頭來笑紅了臉。

絲瓜還是很堅定。他說：「寫字是要有耐心的；只要有耐心，不怕寫不成字，大家拭目以待吧！」

絲瓜從絲瓜棚飛到紅磚房底開始生根發芽。

當兩片油綠綠的葉片在陽光下反射晶瑩的光彩時，絲瓜大聲宣告：「看好囉！我要寫字了！」

第一個字足足寫了一個禮拜，剛好是一條紫茄子架好一座橋的時間。

「這是什麼字？」大夥兒問。

「這是『１』嘛！你們看不出來？」絲瓜說。

可不是個直挺挺的１，一面古樸的紅磚牆上，一條絲瓜蔓從底爬到頂，不是１難不成是２？

★絲瓜寫字★

「太簡單了吧！」菜園裡的菜笑得葉片都要打結了，如果這也算字，長豆輕蔑地說：「那我每根豆子不都是個完美的１？」

絲瓜想：「好吧！嫌這個字太簡單，那我就來寫更難的字囉！」

第二個字也寫了一個禮拜的時間，剛好讓一個小瓠瓜吹氣成一顆大汽球。

「這是……」

「十！」

絲瓜沒說完，大家異口同聲地接出來。

嘿嘿！絲瓜蔓一條橫一條直，不用猜也知道是「十」，絲瓜太偷懶了，淨寫簡單的字。

絲瓜倒也不氣餒，他眨眨眼說：「第三個字包準讓你們猜不出來。」

這個字果然很難。

絲瓜寫了三個禮拜的時間，冬瓜都長成胖不隆咚的大個兒，敲鑼打鼓要大伙來喝冬瓜茶了！

「是什麼字呢？」長長的絲瓜蔓纍纍地將紅磚房鑲了個邊，明黃色的絲瓜花這邊一朵那邊一朵，彷彿在大聲吆喝：猜中有獎哦！

菜園裡的菜苗果然被難倒了，葉片舞過來舞過去，愁得甜汁都泛成苦汁，還是想不出答案。

　　猜中的是菜園旁的稻子們。

　　「田……」他們一起公布答案，請風吹送過來，稻田裡的稻子讀起字來果然鏗鏘有力。

　　菜苗們都心服口服，這絲瓜真有兩把刷子。

　　接下來是什麼字？越來越有趣了。

　　「當然也是要動腦筋的！」

　　不過，這回絲瓜蔓動也不動，只長出四個小絲瓜，就說寫好了！

寫好了？

什麼字？

　空心菜猜不出；高麗菜猜不出；

　　　　　　　苦瓜更是想得滿頭
　　　　　包，所有的菜苗們都猜不出來
　　　　答案，連稻子也搖搖頭，這個字好
　　難耶！

　　　絲瓜也急了，他看著小絲瓜逐漸長成大絲
瓜，急得說：「快點，掉了個瓜，就不成字了！」

還是猜不出。

那一陣子，青菜吃起來都苦苦的，因為絞盡腦汁的
緣故。

是一個小男孩解的謎。

他跟阿嬤來到菜園裡說：「阿嬤，磚房上的絲瓜好
有趣，竟然長了個『**米**』字」

「什麼米？」阿嬤瞇著眼。

「就是白米飯的『米』啊！你看，這邊一條莖，那邊一條莖，外加四個長得斜斜的長絲瓜，就是一個『米』字。」

「這樣啊……」

「為什麼絲瓜會排出『米』字呢？」男孩問。

「大概是因為香噴噴的白米飯配上一碗清甜的菜瓜湯最好吃了，什麼菜都不用配，就可以呷三碗飯！」阿嬤說。

「真的呀！我要吃，我要吃！」

「好啊！阿嬤來挽菜瓜煮好吃的菜瓜湯給寶貝孫呷！」

他果然寫出「**好吃**」兩字了！！

——原載 2006 年 3 月 11 日《國語日報》

★ 絲瓜寫字 ★

Part.09

賣香簾

過新年了，賣春聯的攤位上人來人往；
動物們也要買香簾呢！誰來賣香簾呢……

過新年，除舊布新，蜘蛛太太的香簾攤位在一年一度陽光晶亮的早晨開張了。

先是一條細細的絲線從樹的這頭牽到樹的那頭，不明就裡的人還以為樹葉間掛了一道虹，飛來一道光，小瓢蟲還沿著它玩過五關斬六將的遊戲呢！等到蜘蛛太太利索地掂掂絲線的載重力，趁著陽光烤焦冷風帶來的寒氣時，一匹匹香簾就掛上絲線：揭簾子見客啦！

七彩燦爛！

奪目耀眼！

看到的人總是捨不得眨一下眼，太美
麗了！一匹匹的香簾是一波波的光影，在
陽光的照射下閃動著如夢似幻的色彩；當
陽光逐漸加強熱力，大伙的鼻子也開始歡
叫了，濃濃的香味隨著陽光傳送開來，不管是玫瑰的清
香；茉莉的甜香；野薑的冷香；梔子的幽香，桂花的濃
香……全都幻化成一首首歌曲在鼻尖歡唱、吟頌。

　　這也是大伙兒前來購買的目的了。

　　過新年，誰人家裡不是徹底打掃清潔一番？但空間
掃乾淨了，氣味也要掃乾淨，掛上一匹蜘蛛太太精心製
作的香簾，包管氣味煥然一新，身心靈安適恬靜。

　　香簾有那麼大的功
效嗎？

　　那可不！

每年蜘蛛太太為了製作香簾總是費盡心思，雖然蜘蛛太太以善織聞名，但香味如何織？

她就是有辦法。

蜘蛛太太總是穿梭在花叢中尋找當月節令開得最繁茂的花，一月的梅，三月的桃，五月的茉莉，八月的桂香……當花開到最濃密時，花香自然籠成一道香霧，香霧嚴濃，嚴得連蜜蜂都穿不透，濃得連蝴蝶都搧不開，當熾烈的陽光一照，就是蜘蛛太太織香簾的最好時機了。

陽光會讓香霧透出一縷一縷虛虛實實的纖維，蜘蛛太太總是知道從哪兒下手可以搓出線頭，線頭一抽一動，香霧漏了個縫，香簾就好織了。蜘蛛太太手巧又聰明，她怕香簾隨風散去，所以在每一個接合點上都會用蜘蛛的黏線補綴；她怕香味不夠持久，總是在陽光最熾烈時努力織就，只有晒過烈陽的香簾香味可以保存一年；吹到冷風的香簾，香味易淡且會變質腐壞。

香簾織好了還要存放到不同的地洞裡嚴實放好。不可浸水不可蟲咬不可重壓，連輕輕翻動一下都不行。

一直要等到過年前陽光晶亮的早晨，冬陽酥暖了，寒氣烤焦了，一匹匹香簾在陽光下晒出晶瑩七彩的光芒，香味隨陽光熱度而加濃，香簾就完工了——回家擱在可以晒

★ 賣香簾 ★

到太陽的地方，包準溫馨芳香一整年。

看啊！香簾攤位上人來人往，每隻小動物總是聳起鼻子不停嗅嗅聞聞，要為自己新的一年，預支一款好味道。

兔子挑了一匹茉莉香簾，她說：「茉莉清新甜美，有助於我養顏美容，白毛絨得像雪⋯⋯」

孔雀選的是野薑的冷香，她說：「這麼高貴的香味最適合我！」

小鳥唧走一匹桂花香簾，她說：「就是愛聞這款味道，百聞不厭。」

松鼠最後還是鍾情於薰衣草的花香，他說：「搞清楚，這是這幾年來最流行的香哩⋯⋯」

一匹匹的香簾被揭走了，買去的人有好心情，賣光存貨的蜘蛛太太心情更好，不光是看到自己的作品得到賞識而高興，她說：「香味也是一種希望哩！把希望散播給大家，這個世界更美了！」

咦！快散市了，怎麼臭鼬才來？這傢伙果然需要一匹清新的、芳香的、馥郁的香簾，來改善那臭死人的怪味道。

大伙兒紛紛向他推薦自己購買香簾的優點，只見臭鼬

搖搖頭又點點頭，一副嫌惡的表情。

「這臭鼬真挑剔，隨便哪一種香簾都很適合他，為何還要東挑西揀？」兔子不耐地抱怨了。

只見臭鼬向蜘蛛太太咬咬耳朵，蜘蛛太太一副了然於胸的表情。

她要大伙兒原地後退五步，並把鼻子捏起來，暫停呼吸，隨後才從地窖裡拿出一匹烏黑色澤的香簾，一抖，一放……

「天啊！是臭鼬味道的香簾，太可怕了！」

小動物們尖叫一聲，全逃走了。

只剩下蜘蛛太太口罩隔離衣全副武裝地站在那裡嘆氣：「這件香簾是我全部作品中困難度最高的！」

臭鼬則喜不自勝：「還是自己的味道最好聞！」

陽光晶燦，花香飄散，買香簾，明年請早。

──原載 2007 年 2 月 17 日《國語日報》

★ 賣香簾 ★

Part.10

雪藏三明治

Fairy Tales

冬眠時期，每隻小動物必備的糧食是三明治。

不是肉鬆三明治，也不是火腿三明治；好吃的三明治要自己動手做，夾上喜歡的食材，灑上獨門的調味，輕輕一夾，大口一咬：嗯——自製的三明治果然美味又特別！

所以，即使倉庫裡食物堆得滿坑滿谷，小動物們還是滿心期待，期待第一場雪來，就可以做三明治了！

為什麼要等下雪？

因為這是雪藏三明治的獨家配方呀！

第一場雪來的時候總是很神祕！！

明明秋風已經越吹越緊，像一把鑽子，鑽得大伙兒骨子裡發冷，初雪不下就是不下，任憑大家脖子抬得發酸，一小片雪都不見蹤跡；明明秋陽還暖暖的，芒草花才吐齊了穗，假雪之名招搖過市，初雪就莫名其妙地下了，害得那些懶惰的小動物們來不及打包食物，一整個冬天只好喊餓！

初雪，總是不按牌理出牌！

但也因為他的神祕，雪藏三明治才會有獨特的魔力，讓人一口接一口，吃了還想再吃！

現在秋風已經吹得疲累了，今年來得早，秋的氣息搧

63

得很濃郁；如果初雪翩然而下，他就能交棒給北風，回山洞喘息了！

但是，雪卻姍姍來遲！

小動物也等得很心焦，食材已經備好，調味料也已找齊，吐司更是溢出濃濃的麥香，鬆軟有勁地被偷偷啃掉好幾片，雪的蹤跡在哪裡？

終於，在一個橘燦燦的夕陽裡，雪，來了！

晶瑩潔白！

如詩如畫！

小動物們都衝出了家門，在森林的廣場中快樂地做起自己獨家的三明治。

一塊吐司，一層細雪，一塊吐司，一層自己準備的配料，再夾上一塊吐司，三明治就大功告成了！

小松鼠首先做好，他得意地說：「我的三明治夾的是一片紅透了的楓葉，吃下去會感受到秋天的楓紅……」

小花鹿說：「我夾的是一撮春天的青草，春天的青草味最令人留連……」

「嘿嘿！我特地託海鳥啣來一塊海邊的貝殼，我要做一個充滿活力的海之夢……」烏龜說。

「我嚮往沙漠的熱情，所以我夾的是各式仙人掌的刺

……」小蟒蛇興奮地說。

「即使冬天我也要歌唱，這片荷葉有夏天演唱會的點點滴滴……」青蛙自豪地說。

停停停！

為什麼三明治裡夾的不是可吃的食物，而是亂七八糟的東西呢？

這就是雪藏三明治的魔力呀！

初雪，會讓三明治裡的食材光陰重現；吃下三明治再冬眠，整個冬眠期間就會做和食材相關的夢，不管是春天、秋天、海邊、沙漠，吃下什麼，就夢到什麼，而且場景歷歷在目，感覺鮮明如畫，雪藏三明治膾炙人口的原因就在這裡！

但，可別貪多！一個冬天，小動物只能做一個，做多了就失靈；且只能做快樂的回想，那些悲傷、恐怖、害怕……，初雪不但不接收，三明治吃起來還又苦又酸！

所以要預約什麼樣的冬眠，小動物早就有打算：在春天留下一撮青草、在夏天留下一片荷葉、剪下玫瑰的花瓣、舀起清晨的露珠……東西雖小，卻是勾起美麗回憶的鑰匙，大家都不敢馬虎。

至於懷念朋友，三明治更有大妙用！

鼴鼠想念他南飛的大雁朋友，就在三明治裡放上一根大雁的羽毛；小狐狸忘不了被獵人捉走的狐狸媽媽，三明治裡就夾了一撮媽媽的毛……再灑上「懷念」配方的調味：胡椒、香茅和一點點的雪花鹽，冬眠，竟是相逢的開始。

會不會不好吃？

放心！夾上初雪，再硬的東西都柔軟多汁；再苦的東西也甘甜如蜜，吃了還會ㄅㄠ、ㄅㄠ、ㄅㄠ，回味無窮……

寒冷的冬天，風雪嚴嚴；冬眠的小動物卻人人都有一個好夢：熟悉的夢、陌生的夢、熱情的夢、溫暖的夢；冬眠，也不孤單。

小兔子已經做好他的三明治了！這次他夾進的是清晨菜園裡的泥土，上面有紅蘿蔔、白蘿蔔和萵苣的味道，他最喜歡！但是看他焦急地走來走去，是在等誰？

終於，一隻小土狼畏畏縮縮地現身了，兔子跳了過去：

「老口味？」

「老口味！」

兩人互換三明治就匆匆而

別，連一句再見都來不及說。

　　兔子笑道：我才不要冬天又做紅蘿蔔的夢，膩死了！小土狼的三明治夾了一塊山谷的岩石，深夜在山谷中奔跑的場景真是刺激呀……

　　雪靜靜地下了一整晚。

　　冬天，來了。

　　好夢，開始。

——原載 2007 年 1 月 4 日《國語日報》

Part.11

狗尾巴草的生日會

狗尾巴草要開生日會了！

滿山的狗尾巴草才長齊鬆鬆茸茸的毛，便迫不及待地開起生日會慶祝自己的新生。

「一年才開這一季，不好好慶祝怎行？」狗尾巴草們很興奮，興奮時狗尾巴搖得更婀娜有致，整座山都快變成一座尾巴山。

秋風幫他們發帖子。

一片黃楓葉上黏著一小撮狗尾巴毛，收到帖子的朋友們都紛紛叫好——好別緻的帖子，好精彩的生日會！這樣的熱鬧可一定要去瞧一瞧啊！

夕陽熟成一顆橘蛋黃時，山邊的小溪旁已聚集了很多小動物。這是今年冬天前的最後一次聚會，大家都很珍惜，等秋風舞得再狂野些，空氣結了冰，他們就要進入長長的冬眠期，屆時，連講話都不會有回音。

他們熱烈地討論：

「今年的冬眠有什麼特別的計畫？」

「睡覺、聽音樂、看書……」

「紅紅森林左手邊的大橡樹下栗子多得不得了，趕快去摘啊！慢了就沒有了……」

「右手邊的莓樹林，小藍莓更可口……」

★ 狗尾巴草的生日會 ★

「我的食物已儲存好一整個山洞，冬眠時期誰的食物
不夠了，儘管來找我，包準可以應應急！」
　　冬眠情報交換的話題，讓小動物們聊得差點忘記時

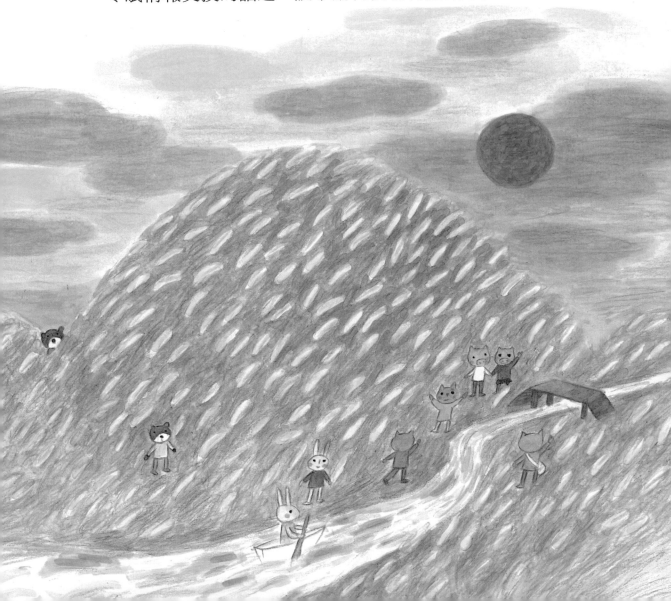

間；而橘色的蛋黃越來越肥美，眼看就要滴出了油，切一切，一次可包成六個蛋黃酥哪！

「歡迎光臨生日會！」滿山的狗尾巴草忽然大聲呼喊起來，把大夥嚇了一跳！

「因為我們不是貓尾巴草，也不是豬尾巴草，是貨真價實的狗尾巴草，所以要請大家學狗叫十下，十下後，我們會有令人驚奇的開幕式哦！」

「汪！汪！嗷！嗷！嗚！嗚！……」

小動物們學狗叫得很盡興，他們雖然賣力地叫，但聲音匯集起來還不如一隻大狗的叫聲。

就在十聲狗叫聲結束後，一枝直挺挺的狗尾巴草像隻利箭般地發射出去，射向哪裡呢？大家極目遠眺……

哎呀呀！是射向那顆橘紅色的蛋黃呀！啵！一聲，正中紅心，鮮美的蛋汁立刻流溢出來，所有的雲兒全靠攏了，撕下身上的雲片沾一點嚐嚐：「好香好濃好好吃呀！」最大顆的蛋黃味道果然不一樣！小白雲都染成一朵小金雲了還拚命舔，他們得意地說：「被蛋汁醃過的雲更鬆軟豐腴哪！」

蛋汁也流淌下來，滴在滿山的狗尾巴草上，秋香色的狗尾巴草轉眼間變成金黃，在秋風的擺弄下散發甜香。

★ 狗尾巴草的生日會 ★

松鼠摘下一枝狗尾巴草噴巴噴巴地舔著：「哇！是沾了蛋黃醬的熱狗耶！」這一驚喊，小動物們爭先恐後起來，人手一枝狗尾巴草，哦！不！沾醬的大熱狗，在橘金色的夕陽裡啃食起來。瞧他們啃得那麼狠，舔得那麼急，吃完了還滿足舔舔手舔舔腳，大聲叫好，這份熱狗大餐果然讓大家滿意！

　　蛋黃流光，天色也暗下來。狗尾巴草說：「生日會的重頭戲要開始了，讓我們來唱生日快樂歌吧！」

　　「咦！沒有蠟燭怎麼唱歌？」

　　「怎麼會沒有蠟燭？來，送上一千枝蠟蠋！」

　　也不過是眨了一下眼，滿山的狗尾巴草霎時間全變成了蠟燭！一隻隻的螢火蟲轟然出場，開始點火，星星點點的光芒就在黑暗中逐漸亮起……看哪！滿山燭火搖曳，沒看到這麼大陣仗的生日會，太壯觀了！

　　「祝你生日快樂，祝你生日快樂，祝你生日快樂，祝你生日快樂！」

　　唱完歌曲大家快樂地拍拍手。

　　「許願，我們要聽聽狗尾巴草的願望！」小動物們高興地叫嚷著。

　　「第一個願望，希望明年還能看到大家。

「第二個願望，希望我們的種子能飛得又高又遠。

「第三個願望，希望能真的看到一隻狗，比比看，誰的尾巴帥！」

大家轟然大笑，這地方地勢高，人煙罕至，真的很少看見狗哪！

吹蠟燭了，「1、2、3、呼──」

燭火吹滅，蠟燭又變回原來的狗尾巴草了。

小動物們搶著四處吹蠟燭，從來沒吹過這麼多的蠟燭，即使嘴巴吹得酸，他們還是互相比賽，樂此不疲。

月亮出來了，滿滿的一輪月，多像一塊均勻無瑕的起士蛋糕，但大伙兒也只是想想而已，嘴邊的熱狗香味還在，肚裡真的撐不下。

皎潔的銀光鋪得滿山泛起霧氣，淡淡的霜，自腳底升起，冷了，這初秋的夜……

「謝謝大家光臨生日會！臨走前，請摘下一枝狗尾巴草，當作送給大家的神祕禮物吧！」

小動物們你看著我，我看著你，有點狐疑又有點興奮。「既然主人這麼說，恭敬不如從命！」松鼠、兔子、浣熊、花鹿……大家紛紛折下一隻狗尾巴草帶走了。但這是什麼樣的禮物，回家的路上，大家想破了頭，也得不到

　　答案──直到肥肥的雲來遮住淡淡的月光⋯⋯

　　　突然，狗尾巴草燃燒起來，一邊燒還一邊噴射出晶瑩
耀眼的光芒⋯⋯

　　　「天啊！仙女棒！狗尾巴草變成了一枝亮晶晶的仙女

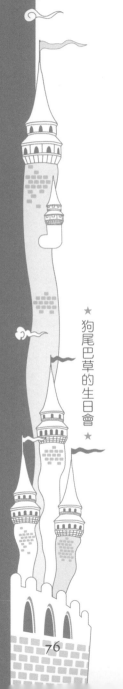

棒！」

　　小動物們訝異得嘴巴都合不起來，揮舞著手中的仙女棒，又叫又笑又跳。這果然是一份特別的神祕禮物，在這魔幻的夜，在這新奇的生日會……

　　聽說，那一夜，小動物們都是擎著一枝枝發亮的仙女棒回家的……

　　聽說，兔子的仙女棒持久不滅，整個冬天都還亮晶晶的……

　　聽說，仙女棒的回憶是小動物們冬眠時最大的安慰，每回想起，夢裡都會笑……

　　聽說，他們想念秋天的狗尾巴草……

——原載 2007 年 9 月 25 ～ 26 日《國語日報》

狗尾巴草的生日會

Part.12

誰來挑戰邊鞳韃？

Fairy Tales

秋天的陽光，像顆夾心糖，外表酥脆，內在柔軟，輕輕一咬，還流出虹似的光芒。趁著北風還沒來肆虐，許多小動物都出來晒晒暖。晒晒暖，晒晒心，大家說，晒暖了秋陽，冬天即使再下十場雪，心都還暖著呢！

蜘蛛小姐已經晒了好幾天暖陽，她動了動身上的八隻腳，身體有點僵。

「不如，我來織個鞦韆架吧！」蜘蛛小姐提議。

大家拍手叫好。

蜘蛛小姐的手藝可是赫赫有名，織網，織簾、織洞，都難不倒她。不過，織個鞦韆架，行嗎？

蜘蛛小姐倒是不猶疑，打定主意，就開始吐絲織線。

兩股粗線，從大樹頂端垂直而下，彷彿是樹上新長出來的兩條枝幹；底座，蜘蛛小姐則發揮巧思，織出一個厚實的軟墊，這樣，即使坐再久，盪再高，也不會顛屁股了！

巨大的鞦韆架成形了，大伙兒都躍躍欲試。

松鼠試探性地問：「這麼高的鞦韆架，坐上去，該不會摔下來吧？」

蜘蛛小姐笑著說：「摔不著！晒過秋陽的絲線特別堅韌，質地、彈性特佳，即使十隻松鼠站上去，鞦韆架還堅

固得很，沒事！不過，如果是自己技術不好，從天空中摔下來，可怪不得我了！」

蜘蛛小姐一打包票，大家興趣更濃了，紛紛過來排隊，搶著要來盪鞦韆。

松鼠打頭陣。

他先是輕輕地盪了幾下，感覺到鞦韆的堅固後，開始越盪越高。

風在耳邊呼叫，小動物在眼前縮小，飛的力道和擺盪的樂趣，讓小松鼠尖聲驚叫，好像把自己甩出去又甩回來、甩出去、甩回來～～呀荷！太好玩了，盪鞦韆真的太好玩了。

下一個是胖貍貓，也不怕自己的體型大，貍貓一上鞦韆架就拚命擺盪，一上一下，一上一下，鞦韆架果然越盪越高，胖貍貓一點懼色也沒有，還張口哇啦哇啦亂喊。大家一邊喊加油也一邊擔心，萬一不小心掉下來，會不會變成一張胖肉餅？

「不如，我們來比賽，看誰盪得最高？」松鼠提議。

「那還有什麼問題，我嘛，不是第一，就是第二！」貍貓也贊成。

「嘿嘿，也別小看我們哦！」小動物們都點點頭。

在大家都試過身手後，比賽開始了。

蜘蛛小姐和其他會飛的動物們，都在一旁看熱鬧。飛，對他們而言，是家常便飯；而這場盪鞦韆大賽，卻是「可遇不可求」呢！

兔子迫不及待地站上鞦韆架去，他說要來個揚眉「兔」氣！

只見鞦韆架越盪越高，兔子迎風高呼，一會兒抬抬腳，一會兒扭扭耳朵，最後再來個「單手盪鞦韆」，大家驚呼連連。下了鞦韆架後，兔子受到英雄式的歡呼，盪鞦韆加上耍特技，這下子果然奪冠有望。

烏龜也不甘示弱了，他站上鞦韆架，想要顯顯身手。不過，他的手腳畢竟太短了，鞦韆怎麼握也握不穩，一道強風吹來，烏龜順著鞦韆的擺盪突然飛出去，掉落在地上！大家驚呼一聲，幸好，沒事，沒事，烏龜從旋轉的龜身中伸出頭來，「哈哈，放心，我的殼，厚得很！」

花鹿也站上鞦韆架了，雖然他一直嚷著自己有懼高症，不過，他還是硬著頭皮站上去。花鹿怕高，一盪上去，就開始發抖，角抖，四肢也抖，不久，鞦韆也跟著發抖。下鞦韆架時，花鹿臉色發青，他說：「盪鞦韆，真可

怕！」

狸貓一站上去，氣勢就很驚人。他力道夠，膽子又大，鞦韆架在他手中像個玩具似的，只見他使勁擺盪，越盪越高，幾乎成了一個小黑點，大家在底下看得都瞇瞇眼，「看來，狸貓穩拿到第一名了！」

浣熊盪鞦韆時，似乎別有用心。他並不盪高，只是一直維持一定的高度，等到速度逐漸加快時，浣熊突然大叫一聲，從鞦韆上盪出去，只見他像一發子彈，持平地飛射出去，最後擊中遠方大樹上的一叢莓果。「哈哈，這叢莓果太高了，每次想吃都吃不到，現在，果然讓我如願以償。」抱著一叢莓果摔到地上，浣熊一點也都不喊痛。

小動物們輪番上陣，眼鏡猴、鼴鼠、小刺蝟、野貓……連豪豬也上來一試身手了。

最後上場的是松鼠。

松鼠很有企圖心。為了拿下冠軍的寶座，他非常仔細觀察每個對手的一舉一動。當他發現只要盪得比狸貓高，第一名就手到擒來時，不禁露出了得意的微笑。他對自己加油打氣說：「高，還要更高呵！」

果然，松鼠的鞦韆盪得好高啊！

像一個小黑點。

也像一顆小流星。一上一下的軌跡，把大家的視線黏得牢牢的。

　　松鼠一邊盪一邊大聲問：「我～盪～得～高～不～高～啊～？」

　　「好～高～啊！」大伙兒回答。

　　「高～不～～」

　　突然間，一句話還沒問完，那個黑點竟然不見了。

　　底下的人你看我，我看你，搞不清楚是什麼把戲。

　　長長的鞦韆架盪下來了，空無一人。奇怪，松鼠飛到哪裡去？

　　「我知道，他應該是去採莓果了！」浣熊說。

　　可是高高的樹叢裡並沒有松鼠的蹤跡。

　　「應該是掉下來，摔到哪裡了吧？」烏龜說。

　　可是遠的、近的地方都找過了，也沒看見松鼠掉下來

的痕跡。

「那就是……」花鹿指了指上面，「飛到天上去了？」

大伙兒痴痴地抬頭看，秋高氣爽的好天氣，天藍得像一面鏡子，松鼠有可能飛到上面去嗎？

一時間，大家無語。

盪鞦韆比賽比成這樣，大家都有些氣餒。

蜘蛛小姐扯扯絲線，「看來，比賽要告一段落了！」

「誰是第一名？」

「應該是我！」貍貓大聲說，「除了松鼠外，就數我盪得最高了！」

「我也不錯！」兔子說！

「還是松鼠最厲害！」

「不，是貍貓！」

「是兔子！」

突然間，花鹿像發現什麼似的，驚恐地指著天上：「你們看！」

天上不知從哪裡飛來了一個小黑點，朝地上降落，黑點越來越大，越來越大──

「啊！我看到了，是松鼠啊！快，快把鞦韆盪上

去！」

大家七手八腳把空鞦韆盪出去，藉了風的力量，鞦韆也高高地飛起來了。

噗通一聲！鞦韆架穩穩地接住了那個小黑點，然後，順著下降的力道，小黑點跳下來了，果然是松鼠！

「你盪到哪裡去了？」大家迫不及待地問。

「哈，當我盪到最高點時，我發現只要輕輕一跳，就可以跳到白雲上面，我就忍不住跳出去了！」

「你跳到白雲上？」大家很驚奇。

「是啊！真不錯呢！白雲又香又軟，好舒服！白雲上面，有許多小小的白白人，每一個小人都好可愛。雲上還矗立了一座大城堡，我跑進去逛了一圈，又吃了一客香甜的冰淇淋，想到比賽還沒完，所以又趕快跑下來了！」

「你怎麼下來的？」

「當然是『跳』下來的！我數 1、2、3 就跳下來了，我想你們一定會用鞦韆接住我，一點也不害怕。」

沒想到盪鞦韆還能盪出「白雲一日遊」，松鼠在大家的喝采聲中果然拿下冠軍獎杯。

明天，明天還有盪鞦韆比賽嗎？大家熱切看著蜘蛛小姐。

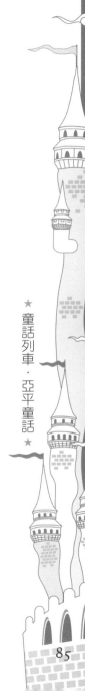

只見蜘蛛小姐扯了扯鞦韆架上的絲線和底座，不疾不徐地說：「好吧，只要每天都是好天氣，在冬天來臨之前，天天都有盪鞦韆比賽！」

大家一陣歡呼。

「不過，如果摔個狗吃屎可別怪我呀！」蜘蛛小姐事先警告。

「我才不怕呢！我也要盪到白雲上。」

「我要盪到彩虹上。」

「我要盪進月亮裡。」

「我呀，我要直接衝進太陽的家！」

暖暖的秋天午後，每天都有人在盪、鞦、韆。

Part.13

紅眼睛神秘事件

Fairy Tales

阿米拉三世是個很有野心的兔子國王。

他覺得兔子是全森林裡最優秀的動物，不應該只局限在森林一角。

「我應該想辦法擴張我的版圖，讓全森林，不，全世界都成為我們的天下。」

於是森林裡開始慢慢地發生了一些事。

首先，一張布告貼出來了：「凡是紅眼睛者，都隸屬於兔子家族！」

這是無庸置疑的事。

小狗阿麗說：「除了兔子外，誰會有那一雙紅澄澄的眼睛啊！」

烏鴉黑皮也說：「紅紅的眼睛醜死了！不如我這雙黑油油的眼睛閃閃動人。」

孔雀美美倒是持不同觀點：「如果我也有一雙紅澄澄的眼睛，再配上華麗昂貴的衣裳，那，森林裡的第一美人非我莫屬了！」

「這麼說，你們全部都贊同『紅眼睛者，都是兔子家族』這一句話囉？」兔子使者阿米格露出狡猾的微笑。

「是呀！有什麼不對嗎？」大家漫不經心地問。

「沒有！沒有！既然大家都同意這句話，請大家在下

面蓋上手印吧！」

　　於是鮮明的布告下面蓋滿了森林裡所有動物的手印。

　　過了幾天，小狗阿麗起床後發現了一件怪事：「奇怪，我的眼睛怎麼變成紅色了？」鏡子前是一雙紅澄澄的眼睛——像兔子那樣紅，他搞不清楚為什麼。他回憶起昨天的作息：吃飯，睡覺，散步，尿尿，一切正常！眼睛是什麼時候變成紅色，他怎麼沒注意到？

　　他又照了很久的鏡子，最後決定找貓頭鷹醫生檢查。

　　貓頭鷹醫生並不在家。樹幹上貼了一張告示：「我將前往遠方的紅紅森林度假一週，請大家好好地保重身體，下週再見。」

　　阿麗捂著紅眼睛，忍不住嘆了一口氣：「唉！」

　　「唉！」更大的嘆息聲在阿麗身後響起……

　　「你們，你們怎麼也都來了？」阿麗轉身後驚奇地發現森林裡幾乎一半的小動物都跑來看醫生了。

　　「你看，」大家放下遮著眼睛的手：「嘩！紅眼睛！」

　　一雙又大又紅的眼睛都在大家的臉上出現，這情景有點好玩又有點可笑！大家先是訝異地你看看我，我看看

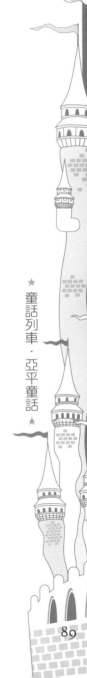

你，然後不知誰噗嗤一聲笑出來，大伙就笑成一團了。

「紅眼狗！」

「紅眼貓！」

「紅眼烏龜！」

「哈哈！紅眼長頸鹿！」

只有孔雀最興奮，得意地擺出幾個美美的 pose，「瞧瞧我，紅眼睛像對紅寶石哪！現在的我是宇宙無敵超級大美女了！」

正當大家嬉笑成一團時，兔子使者阿米格突然出現：

「各位紅眼睛的兔子們，請排成二列，隨我去面見我們的國王：阿米拉三世吧！」

「兔子？這裡又沒有兔子？」阿麗問。

「你們不就是兔子嗎？」阿米格陰森森地回答。

「我們怎麼會是兔子呢？」大伙兒又爆笑起來。

「這張單子上可是蓋滿了大家的手印哪！瞧！『凡是紅眼睛者，都隸屬於兔子家族』這句話，大家不是都同意嗎？」

笑聲一下子就凍結住了，大家你看我，我看你，面面相覷。

「現在，沒有紅眼睛的，請舉手？」

★ 紅眼睛神祕事件 ★

大家不發一語。

「瞧瞧！這不就對了！是兔子的，就有紅眼睛；有紅眼睛的就是兔子！如果我把這張蓋有手印的單子交給黑黑森林的蜘蛛魔女，下場如何，各位一定猜得到……」

所有動物都發出了驚嚇聲。

「所以，紅眼睛的兔子們，請排隊跟我走吧！」

這一次，倒是沒有人敢發出異議，大家睜著紅

紅的眼睛隨著阿米格秩序井然地走了。

《兔子公民生活公約》

1、走路必須用跳的。

2、必須豎起二隻長長的耳朵。（如果沒有耳朵者請
　　用假耳代替）

3、愛吃紅蘿蔔、青菜。

4、每人每天必須到田裡種植紅蘿蔔以增加產量。

看到公約，烏鴉黑皮首先發難，「這怎麼可能？我走
路是用飛的！」

「是呀！我只喜歡吃魚，怎麼啃得下又脆又硬的紅蘿
蔔？」貓咪也抗議了。

「紅蘿蔔這麼難吃，我還是吃樹葉比較好！」長頸鹿
慢吞吞地說。

「走開！不要！」孔雀美美大叫，「這麼醜的耳朵裝
到我的頭上，會破壞我這身美麗的造型的！」

「既然妳們都不同意，那麼這張單子我只好請人拿給
蜘蛛魔女……」

阿米格只要拿出手印單威脅，大家就只能忍氣吞聲。

蜘蛛魔女的巫術十分駭人，聽說她煉製的魔藥需要烏鴉的翅膀、孔雀的眼睛、長頸鹿的角……誰願意淪為魔女的俘虜慘遭百般凌虐呢？

再怎麼無禮的對待，大家只能乖乖承受了。

阿米拉三世看到這情形可是高興極了。

「太好了，再過不久，兔子國王的人民就會直線增加，等到整個森林都是我們的天下時，這座森林就可改名為兔子森林了！」

「是呀！到時候轄區的紅蘿蔔產量也會大增，如果順利地賣到遠方的森林去，哈哈！賺大錢的日子是指日可待了。」

「哈哈哈！……」

事情似乎如他們所料的那般順利。紅眼睛的動物來了一批又一批，紅眼猴、紅眼鹿，甚至連紅眼大象都來了，剛開始他們對自己的兔子身分也都很不習慣；但是，只要提起邪惡的蜘蛛魔女，沒有人敢吭一聲氣。久而久之，慢慢適應，慢慢習慣，習慣就成自然了。黑皮開始用跳的走路；貓咪也改吃紅蘿蔔；美美的假耳上面還鑲滿了她摘下來的野花；阿麗甚至會為了收成一顆超級大的紅蘿蔔而興

奮好幾天呢！

　　紅眼大象的問題就比較嚴重了！他一跳，整座森林就好像地震，不跳嘛！又會違反生活公約，跳與不跳間，兔子國王也不知怎麼辦好；而他的食量又超級大，一頓就得吃下好幾百根紅蘿蔔，照這種吃法，兔子王國堆積如山的紅蘿蔔不到一個禮拜就要吃光了。

　　「這，這可怎麼好？」阿米拉三世的臉再也笑不出來了。

　　「唉！當初，不應該讓他進來的！」

　　「或許，我們可以試試這個辦法──讓他的紅眼睛消失！」阿米格悄聲說道。

　　「紅眼睛消失……」阿米拉還來不及細想，忽然聽到外面大聲嚷著：「野狼來了！野狼來了！快逃啊！」

　　是啊！三隻惡狠狠的野狼，旋風似地衝進兔子王國境內，見到兔子就咬，可憐這些真正的兔子，這幾天因為有人幫忙工作，懶惰遲鈍，一下子就被野狼擄去好幾隻。

　　阿米拉看著外面的凶狠情況突然心生一計：

　　「快！快叫那隻大象出去！」

可是大象也害怕得渾身發抖。他說：「我不是大象，我是兔子啊！瞧！我每餐都得吃好幾百根的紅蘿蔔，我是紅眼睛的兔子啊！」

　　「快！快叫那隻大狼狗出去！」

　　「我也不是狗，我是兔子啊！我走路都用跳的，怎麼會是狗？」

　　「長頸鹿呢？孔雀？豪豬？」

　　「大王，我們可都是紅眼睛的兔子啊！」

　　就這樣，以前還可以嚇唬野狼的動物，現在都以兔子自居。阿米拉三世只能眼睜睜地看著野狼抓走好幾十隻的

兔子揚長而去，而無計可施。

「這一切，都是我造成的！如果不是因為自私、貪心，這些無辜的兔子們也不會白白犧牲生命。我錯了，什麼『紅眼睛計謀』，根本是自害害人呀！」阿米拉淚流滿面，捶胸頓足地自責著。

他一方面解散了紅眼睛家族；一方面又叫阿米格召回貓頭鷹醫生，但，一切，於事無補了！

貓頭鷹度完假回來後，赫然發現這個地區的結膜炎好嚴重，幾乎人人都發病了。

「都是不注意衛生引起的！」他忙碌地四處發藥四處治療，「要勤洗手，不要用手揉眼睛，還要避免使用別人的衛生用品！」每隻動物都把醫生的建議聽進心裡去，因為他們曉得紅眼睛的滋味可真是不好受啊！

——原載 2003 年 4 月 25 ～ 26 日《國語日報》

芭蕉詩句

Fairy Tales

芭蕉樹剛抽長出一片新葉。水靈靈的葉片，青嫩多汁，質地軟厚，線形優美，砍下來活脫脫就是一把上好的芭蕉扇。

芭蕉爺爺可不容許小蟲們拿他的寶貝當扇搧。

「別糟蹋了這片好葉！當扇子什麼葉片都行，這片新葉又淨又勻又軟，用來寫詩最適合！」

寫詩？

是啊！芭蕉爺爺愛讀詩也愛寫詩。

自從讀到一首有關「芭蕉」的詩，芭蕉爺爺就愛上詩；自從聽到日本有個很有名的詩人「<u>芭蕉</u>」，芭蕉爺爺以此自勵，開始步上寫詩的歷程。

年輕時的芭蕉爺爺簡直就是一本詩集。他的葉片，大大小小都寫上了各式各樣的詩。有時只是一句，有時則洋洋灑灑好幾十行，反正他的葉片夠大夠長夠寬，一百行也塞得下。

風來了，風聲不是窸窸窣窣，而是吟哦有致的讀詩聲。

雨來了，雨聲不是淅瀝淅瀝，而是清脆悅耳的念詩聲。

芭蕉爺爺成了這座園子裡最熱鬧的遊覽勝地，「走

吧！我們去讀詩！」這可是小蟲們散步、覓食、閒暇時的問候語。

芭蕉爺爺也來者不拒。「詩，本來就是讓人看的，讀我的詩，對我而言是無上的光榮，怎能拒絕？」所以，南飛的候鳥，冬眠的蟲，深山中的老鷹都讀過芭蕉爺爺寫的詩，甚至連螢火蟲也夜晚提著燈來讀詩！

芭蕉爺爺寫得更來勁了。新的詩句褪色了，他馬上補上另一首詩；舊的葉片迸裂了，散成一小塊一小塊，每一小塊他又填上一首短詩，甚至，結出來的芭蕉也有詩——一隻猴子鄭重地發誓，他曾吃過一根芭蕉，剝開皮赫然是一句：「床前明月光」。他本想帶去芭蕉爺爺那兒展示，不過，因為肚子太餓，一口氣吃掉了！

滿園子，詩意濃濃。

但芭蕉爺爺畢竟年紀大了，頭腦越來越不靈光，思路也越來越鈍，再也無法拚命寫詩。

「所以，我要封筆了！」芭蕉爺爺嘆氣地說。

「封筆？」小動物聽了好惋惜，他們讀芭蕉爺爺的詩長大，沒有詩，怎麼辦？

「封筆大會」在一個月圓的晚上舉行，讀過詩的小動物都到齊了，這個晚上，他們要一一朗誦芭蕉爺爺的詩

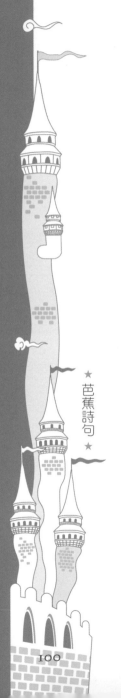

作。銀白的月光為滿座園子打了一層漂亮的底色，芭蕉葉上的詩句金光閃閃，似乎它們的身價比金子銀子還珍貴。夜鶯來了，朗誦她最愛的〈夜空〉，清脆的嗓音，大夥兒為之迷醉。小瓢蟲們一起吟哦〈遊戲〉這首詩，加上可愛的手勢動作，大家笑聲不斷。蛇堅持一定要來念一念〈愛情〉，因為這讓他想到愛戀時的美好；還有〈快樂的時光〉、〈颱風來了〉……等好多首。

封筆大會的高潮是大夥兒齊聲朗誦芭蕉爺爺最膾炙人口的力作〈月光〉：

月光輕柔，
像一片寧靜海，
我是一匹綠色的波浪，
永遠靠不到岸。

星月交輝，芭蕉樹熠燿生光。這果然是一片海洋，詩是海中的寶藏……

有些小動物也流下感傷的淚，淚光似月光。

「嘿嘿！別哭哪！」芭蕉爺爺朗聲大笑，「我不寫詩，並不代表芭蕉葉上就會沒詩啊！」

芭蕉詩句

「怎麼說？」

「可以換人寫啊！」

「換人寫？換誰寫？」小動物們很疑惑。

「當然是換你們寫啊！從今天開始，我開放我的舊葉子讓大家練習寫詩，誰寫得出色了，就可到我的新葉子上寫詩，芭蕉葉上永遠有新詩，新詩永不枯竭。水可以少喝，陽光可以少晒，詩，可不能不讀啊！」

小動物們終於破涕為笑，歡樂的笑聲差點震破一輪滿月。

所以，芭蕉樹又成了一本詩集。只不過，這本詩集的作者不再是芭蕉爺爺一人，而是夜鶯、瓢蟲、金龜、蝴蝶、蜜蜂……呀，數也數不清。

每抽長出一片新葉子，芭蕉爺爺就會邀請這陣子寫詩寫得最好的小詩人上去題詩。最新鮮的葉子，最寬闊的版面，最柔軟的紙張和最醒目的標題，這是對小詩人最大的鼓勵了。

匀淨的葉片已在陽光下舒展、晒乾，今天的新葉子要請哪位詩人上來題詩呢？大家屏息以待……

芭蕉爺爺大聲地宣布答案：蜜蜂四兄弟！

「嘩」一聲，讚嘆四起，蜜蜂兄弟果然是這陣子的詩壇新秀，文思敏捷，詩意醇厚，大家都很期待看到他們的新作品。

只見蜜蜂兄弟不疾不徐地飛起來了，停駐在偌大的葉片上，一人一角落，開始埋頭苦幹，〈春夏秋冬〉，隱約中只看見這四個字，再也見不到其他了。

一群胡蜂在芭蕉樹旁鼓噪：

「為什麼不是換我們寫？」

「我們等得好久了！」

「蜜蜂寫得比我們好嗎？」

「春夏秋冬一看就知道是首爛詩。」

鼓噪的聲音非常大，把寫詩、讀詩的寧靜悠閒破壞無遺，很多動物都嚇呆了。

胡蜂卻越來越多，越來越放肆……

終於，芭蕉爺爺忍不住了，他沉著臉要小動物們往後退，搖搖頭，甩甩葉片……

一陣風來，整株芭蕉樹突然狂舞起來，越舞越狂亂，越舞越劇烈，小動物嚇得目瞪口呆：「難道，這就是獨門的芭蕉扇功，爺爺的家傳之寶？聽說失傳好久……」

芭蕉葉片果然像電風扇般旋轉加速，風又強又利就像

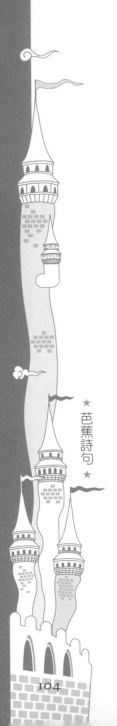

鐵條般沉穩有勁，匯聚起來的能量簡直可以發射火箭了！

突然，芭蕉爺爺大喝一聲：「去！」

　　大家只感覺一陣狂風襲過，胡蜂就沒了蹤跡。

　　搧到哪兒去？

　　怎麼遍尋不著？

　　只見芭蕉爺爺氣定神閒地用手一指：喏！那兒！

　　矮牆上有一排字，胡蜂被釘在那兒叫苦連天！

　　　　饒了我！詩！

句子鏗鏘有力，芭蕉爺爺果然寶刀未老。

──原載 2007 年 6 月 27 ～ 28 日《國語日報》

芭蕉詩句 ★

Part.15

易開罐夏天

「易開罐夏天」在森林裡開張時，大家都不曉得它葫蘆裡賣的是什麼藥。

「夏天可以做成『易開罐』嗎？如果有，那有沒有『家庭號』？」

「夏天也可以賣？哈！請問賣不賣春天、冬天、颱風天？」

「是喝的還是用的？使用前要不要搖一搖？」

奚落的言詞惹得大伙竊笑不已。

照顧攤子的是一隻年紀很大的狐狸爺爺，他是第一次出現在這座森林裡。攤子上就擺著三罐易開罐，上面貼著不同的標籤。如果說，這就是「夏天」，實在是令人匪夷所思。

狐狸爺爺很沉得住氣，面對眾人的嘲笑，一句辯解的話都沒說。他只是氣定神閒地擺擺手，「當你需要夏天時，儘管來找我就對了！」說完照舊閉目養神，彷彿攤位前的一陣喧鬧都與他無關。

那時節夏天才剛過，涼爽的秋天在大家的歡呼聲中來臨。夏天雖好，但是黏呼呼、皺巴巴、沉悶悶又亮晃晃，大家過得太筋疲力盡了。還是秋天好，晃悠悠、靜悄悄、懶洋洋，可以休生養息，可以沉澱自己，誰會再需要「過

時」又「過氣」的夏天？

　　「我看，這三罐一定賣不出去！」松鼠媽媽下了最後
的結論，攤位前的小動物就一哄而散了。

　　秋，慢慢地轉深了。

　　楓葉一片片地變紅變亮，彷彿幫整座森林上了濃妝，
飽滿的色彩，隨便一擰，便是一把油彩；陽光也不再熾
烈，像老人嘆氣，熱情無以為繼；當陰森森的北風，帶刀
帶劍地闖進森林，一陣刀光劍影時，小動物們終於知道，
秋天也要說再見了。

　　「哇！好冷喲，真懷念夏天熱辣辣的陽光！」

　　「夏天？」

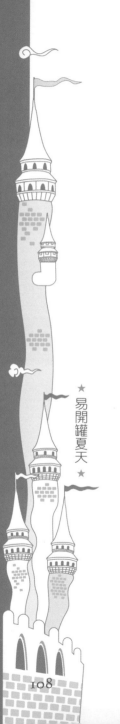

大家不約而同想到的是森林廣場裡那個攤位擺了很久，很奇怪的「易開罐夏天」！

「不知道他還有沒有在賣？」

「在這個季節如果能夠抓住夏天的尾巴倒也不錯！」

「而且是易開罐哦！一定很有趣。」

小動物們越說越興奮，一行人火速地往廣場走去，完全忘記自己當初是如何地嘲笑這個攤位。

攤位前早有一個人在探頭探腦了。

是松鼠媽媽啊！

松鼠媽媽的高論言猶在耳，難道，她是專程來監督大家？

「狐狸爺爺，您好哇！天氣變得可真快呀，早晚都冷得打哆嗦了，還是您老身體好，看起來精神齊整，風都吹不到您身上來……」

狐狸爺爺只是微微地點點頭。

「這會兒還真想念夏天啊，夏天的陽光真不錯，又乾燥又溫暖，雖然嫌熱了點，不過，不熱，就不叫夏天嘛！哈哈哈……」

大伙兒豎起耳朵靜靜聽。

「我這身尾巴您也知道，毛又多又膨鬆，是我身上最漂亮的行頭。可是就是禁不起受潮，雨水一打溼，像拖著一副厚重的窗簾，想在樹林間跳躍，跳都跳不動啊！」

狐狸爺爺還是很有耐心地點點頭。

「上禮拜的那場大雨可厲害了，溼得我全身發痛，難受得很哩！不知道……可否跟您買罐易開罐夏天來試試，您知道，夏天陽光好，一晒就乾，暖暖的陽光味，最好聞了！」

松鼠媽媽終於說出她的來意了，原來，她也是來買夏天的！

大家「唔」了一聲，彷彿是為她之前說過的話羞羞臉。松鼠媽媽不好意思地搓搓臉，「哎呀，那時不知夏天的好；現在知道了，別別別，別再糗我了。」

狐狸爺爺不笑也不搖頭，只是隨手拿起桌上的一罐，問道：「正午的熾熱陽光，這口味，行嗎？」

「當然行，當然行，但要怎樣使用？」

「像胡椒粉般撒在身上就可以了，不過，不要貪多，倒太多，中暑我可不管；一次用不完，可以用樹葉蓋好，下次再用，只是熱度會慢慢減退。保鮮期，一個禮拜，一旦過期，就冷掉了……」

「我知道，我知道，那該付你多少錢？」

「就拿妳今年秋天最珍愛的東西和我交換吧！」

「這還不簡單，秋天換夏天，這筆生意真划算！」松鼠媽媽高興地拿著易開罐夏天就跑走了，一時間，也有很多小動物跟去看熱鬧，正午的熾熱陽光，很多人也想過去沾沾「光」呢。

松鼠媽媽使用得如何？

哈！瞧瞧那光澤亮麗又膨鬆柔軟的尾巴就知道了。

像烤蛋糕一樣又鬆又軟；灑一次，還能烘烤十隻小松鼠尾巴，真是太划算了；不僅如此，泛潮的樹葉枝幹、冬眠的棉被枕頭，事先晒一晒烤一烤，去霉又去斑，包管整個冬天不溼不冷，一覺到春天，簡直是強效的烘乾機啊！

松鼠媽媽太滿意這罐「易開罐夏天」了，她送給狐狸爺爺一大袋自己手工的「火烤栗子」為報酬——用夏天的陽光烤的，風味特佳，保存到明年都沒有問題！狐狸爺爺笑呵呵地接受了。

「易開罐夏天」一試就滿意，很快的，它變成森林裡的搶手貨。

但狐狸爺爺可挑著呢，連顧客都要一一過濾，他

說，好貨只賣給識貨的人！

千挑萬選下，小蟋蟀終於買到了他念念不忘的「夏日蟬聲」。

蟋蟀說，「整個夏天都在蟬聲的陪伴下度過，那些美妙的樂音，不管是搖滾、古典、民謠，對我音樂的啟蒙實在太大了，能夠在這深秋時節再聆聽到蟬聲的熱情，好幸福。」

蟋蟀的一番感性的告白，大家有聽沒有懂。

「不過就是蟬聲嘛！有那麼多派別嗎？」

「我還嫌它們叫得太大聲，吵死了！」

「每年都聽得到，有何珍貴？」

當小蟋蟀在紅豔豔的楓葉林裡打開了易開罐，（使用前得搖一搖，免得音樂糊成一團），漫天價響的蟬聲在林間迴盪時，大家突然間都聽懂了搖滾的熱情、古典的清新和民謠的自由自在。

尤其在冷冷的秋風襯托下，蟬聲更顯得熱烈豪邁，好像是要將短暫的一生，透過聲嘶力竭，留下些什麼。

「哇！真是太感動了，」小蟋蟀熱情地說，「在秋天聆聽，別有一番風味，蟬，果然是天地間最偉大的音樂家啊！」

「我也聽得淚眼盈眶……」

「天籟啊，近在咫尺，我們竟然都沒有發覺……」

「明年夏天一定不要再錯過！」

秋風吹跑了殘存的幾個樂音，小蟋蟀滿足地拿著剩下的半罐鑽進土裡以饗同好去了。

最後一罐易開罐非常特別，人人都想要，人人又不敢要。

哈！是「蚊蟲滿天」的口味啊！

「夏天最討厭的就是蚊蟲滿天，誰自找麻煩要買這罐？」

「對呀！蚊蟲大軍每次擾得我無處躲，直到秋天才能圖個清靜，這樣的夏天太可怕了！」

小動物們似乎對這一罐都很不看好，誰要白討苦吃，讓蚊蟲叮得滿頭包？

「我，我，我，這罐——就賣給我吧！」

誰？這麼有勇氣？

原來是蜥蜴大王呀！

「不好意思，不好意思，今年夏天我吃了三百隻的蚊子，是蜥蜴界的冠軍哦！這罐夏天，恰巧可以讓我回味回

味，我是如何奮勇殺敵，殲滅敵軍……不知道有沒有人要和我分享在蚊陣中衝鋒陷陣的感覺，保證刺激百分百！」

一想到蚊蟲滿天，大家都很客氣地拒絕了，這罐還是由蜥蜴大王獨享比較好。

易開罐一掃而空，狐狸爺爺也打包行李要走了。

他的行囊裡裝滿了一大包的火烤栗子、小蟋蟀最新的歌唱ＣＤ和蜥蜴大王特別摘採下來的火紅楓葉，這是秋天的名產，雖然便宜卻很道地。

「明年秋天，你還會再來我們這兒賣夏天嗎？」小動

物問。

　「不，明年冬天，也許我會回到這兒來賣秋天！」

　這個答案，讓大伙兒傻了眼。

　「為什麼？」

　「不為什麼，我收集到什麼就賣什麼，並沒有一定。
其實我賣的東西都很便宜，也很普通，只因為換了季節，
就變得珍貴。如果你在當季時好好把握，你不會想要我的
東西的⋯⋯」

「所以？」

「所以，好好地去享受秋天吧，免得在寒冷的冬夜裡又深深地後悔。夏天畢竟過了，再怎麼回想都是無益，不如好好地欣賞楓紅，吃吃栗子，聽聽小蟋蟀悠揚的歌聲……秋天，可是一眨眼就不見！」

狐狸爺爺說完，頭也不回地走了。

只留下小動物一個個楞在原地。

是的，秋天一眨眼就不見，難道大家以後想花大錢買「易開罐秋天」？

別做冤大頭！

現在就開始，融入深秋，美景當前，暢飲秋的「家庭號」吧！

——原載 2008 年 9 月 19 ～ 20 日《國語日報》

易開罐夏天

細細的

Fairy Tales

竹林裡什麼都是細細的。

細細的竹葉，細細的竹竿，細細的竹筍，連風吹過來的聲音也是細細的。

細細的竹林，大家都不敢靠近，他們說，這片竹林有魔法！

「怎麼說？」問話的是一隻刺蝟，他很好奇。

「竹林裡好像是『細細的』王國，只要稍微胖一點的伙伴走進去，天空就會下一場針雨，細細的竹葉像細細的針，戳得大家痛死了！」

「真有這回事？」刺蝟也很訝異。

「是啊！也不過是幾棵竹，不知道在搞什麼鬼。算了，繞道過去也很方便！」小松鼠大概吃了不少苦頭，埋怨地說著。

「聽你這麼說，我倒是很有興趣呢！」刺蝟決定要去竹林裡一探究竟。

竹林像一個天然的隧道，兩側竹子叢生，竹葉密密麻麻，走在裡面涼快又舒服，可是細細的竹濤一起，免不了讓人感覺陰暗可怕。

刺蝟在林子裡站了三分鐘，一點異樣的感覺也沒有，他想，松鼠他們是不是搞錯了！

★ 細細的 ★

細細的 ★

突然，一陣大風吹來，竹葉滿天飛舞，風停了，地上卻有字：

「你是誰？」是用枯乾的竹葉拼出來的。

「我是刺蝟，我是來找你們玩的！」刺蝟朗聲回答。

竹林突然悄然無聲，好像在討論什麼，又好像在思考什麼。

不過兩秒鐘的時間，竹林裡又是狂風飛舞，這次地上可沒有字了，天上飄下來的竟是一根一根尖利的竹針啊！

「天啊！是針雨！」

雖然小松鼠已經給過警告，但是刺蝟還是覺得有點措手不及，「什麼原因都沒有，就用針雨來攻擊別人，這是什麼待客之道？」

生氣的小刺蝟身上的尖刺已經一根根豎起來了，遠遠看，他像一顆針球，所有的針雨遇到尖刺都應聲而破，地上滿是破碎的竹葉，看來，這陣雨對刺蝟而言根本是小巫見大巫。

雨停了，竹林裡又是一片寂靜。

刺蝟真的生氣了，他說：「隨隨便便就用針雨來嚇人，太過分了，我倒是要來找找，是誰在搞這鬼把戲？」

竹林裡又是一陣細細的竹濤，不同的是，竹濤裡加了

低低的抖音，好像在發抖。

刺蝟在竹林裡東尋西找，奇怪，都沒見著什麼小動物。

「難道，這真的是座施了魔法的竹林？不對，竹林外的小動物不可能進得來，那麼，搞鬼的應該是從小就生活在竹林內的⋯⋯」

「有了！」刺蝟這麼一想，他馬上有了答案。

他在細細的竹竿上一根根仔細搜尋，好久好久，終於找到了嫌疑犯：一條細得不能再細的小青蛇啊！

刺蝟把小青蛇揪到地上來，大聲地審問他：

「說，為什麼要玩這種把戲？」

小青蛇囁嚅著：「我沒有玩把戲啊！竹林是細細的王國，這是很久的傳統了，身上沒有細細的，就要接受處罰，媽媽從以前就這麼說！」

「所以，你們就用針雨來嚇人？」

「非我族類嘛⋯⋯這樣，我們才不會被欺負！」小青蛇理直氣壯地說。

「誰欺負誰啊？」刺蝟有點啼笑皆非，明明是小青蛇先攻擊別人，還振振有詞，真是打人的喊救人！

刺蝟在厚厚的枯葉上坐了下來，面對著瑟瑟發抖的小

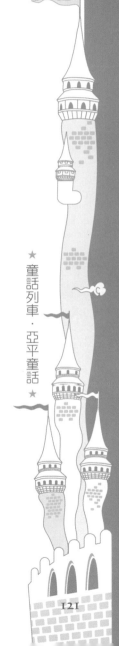

青蛇，他好笑又好氣。

「細細的，有什麼好？」刺蝟忍不住發問。

「當然好啊！」小青蛇驕傲地回答：「細細的體態很漂亮；細細的條紋很美麗；細細的聲音很優雅，就像竹濤，誰也學不來！」

「嗯——很有道理，不過，太細了可也不好，像你，太細了，如果拿來當繩子用，東西一定綁不牢。」

「我是蛇，又不是繩子，怎麼會拿我去綁東西！」小青蛇嘟嘴生氣了。

「那麼，這麼說，你就無法吞下一隻大象了！」刺蝟說。

「我才不喜歡吞大象，大象很難吃；竹葉上的露珠才是我的最愛，清涼又營養。」

「細細的蛇很容易被欺負，對不對？」刺蝟故意問。

「對！所以我們禁止其他的動物進來竹林……」講到這兒，小青蛇似乎想到什麼，不好意思再說下去。

「身體細小瘦弱本來就容易被攻擊，所以，細細的，也是有缺點囉？」

小青蛇不點頭也不搖頭，只是望著竹林沙沙作響。

刺蝟想到另一個問題。

「你怎麼知道我們沒有細細的？」

「看就知道，你又不像我們那麼纖細！」

「可是，我有細細的刺啊！這麼細，連你們的竹葉都戳得破！」

「嗯，好像也對！這樣吧！你也算我們這一類，以後你可以自由進出竹林。」小青蛇開心地說。

「可是竹林外的動物也有細細的呀！」

「是嗎？我不相信！」

「走，我帶你去瞧一瞧！」

小青蛇似乎有些不願意，他待在竹林裡太久了，很怕竹林外的世界，直到刺蝟答應要保護他，他才勉強同意。畢竟刺蝟一身的刺，誰看了都怕！

竹林外的陽光好燦亮，大把大把的風兒呼嘯吹過，花兒點頭，草兒搖頭，紅橙黃紫的顏色，妝點出另一個和竹林不同的世界。

乍然大開眼界，小青蛇一半畏懼一半開心，他畏懼被欺負，又開心看見新奇的事物，怎麼，他從沒想過走出竹林外逛逛？

聽到刺蝟破除了竹林的魔法，很多小動物都趕來一探究竟。

★ 細細的 ★

「原來是一條小青蛇啊！」聽到謎底，大家都驚呼連連，不相信一條小蛇竟能操縱整座竹林。

「小青蛇說，如果我們能說出身上哪裡細細的，就能登入成為竹林會員，下次就能自由進出竹林，你們誰要試試呀？」刺蝟對著大伙兒眨眨眼。

松鼠先說了：「我身上的毛細細的！」

花鹿說：「我頭上的鹿角也細細的！」

天鵝說：「瞧瞧我的羽毛細得像一根一根的線！」

白兔說：「我的鬍鬚又細又長，而且只有六根！」

野貓說：「正午時，我的眼睛好細好細，細得都看不見……」

小青蛇聽到這些說法，忍不住笑了，說得也是，誰規定細細的一定是身體，任何部位都可以嘛！

「細細的」接龍還沒停呢！

猴子說：「雖然我身上沒有細細的，可是我的心最細，沒有那一隻動物比得上我細心。」

猴子的說法引來大家笑聲，也引起很多掌聲。

夜鶯一開口大家就知道他哪裡細了，「細聲細氣——希望我的歌聲能伴得大家一夜好眠！」

狐狸也來湊熱鬧了，他坐下來，像打坐一樣，慢慢地

說：「我的呼吸，我的氣，很細，很細……」

這說法，大家一頭霧水，真的嗎？

「細細的」接龍最後落在大象上，大象可急了，糟糕，他身上似乎沒有哪兒細細的，怎麼接？大家也為大象傷腦筋……

有了！只見大象咚咚咚跑去池塘邊吸水，再回來噴水：「哈！我噴出的水，細細的！」

全體會員登入通過！

大家好開心，小青蛇也很開心。

可是小青蛇突然覺得有點頭昏，第一次出外這麼久，怎麼會全身無力？

「一定是竹林裡食物太少了，可憐啊！光吃露珠怎麼會飽？」

「瘦成一條線，該不會是被虐待吧！」

「體力太差了，也不過多爬了八十公尺……」

小動物們拿出好多水果讓小青蛇飽餐一頓，吃飽喝足後，小青蛇突然覺得，當一條粗粗的蛇也不錯，起碼，那是條強壯的蛇呀！

★ 細細的 ★

竹林裡再也不是什麼都細細的。

粗粗的竹竿，竹林更濃密；粗粗的竹筍，營養又好吃；粗粗的竹葉，包東西、當樂器，方便好用；至於粗粗的小青蛇，更強壯了。每天，他在竹林內外穿梭，和小動物們遊戲打交道，生活得更快樂。

偶爾，他會停下腳步傾聽風吹過時的的竹濤：

「細細的，真悅耳；再雄壯一點，更好聽呢！」

──原載 2009 年 1 月 8 ～ 9 日《國語日報》

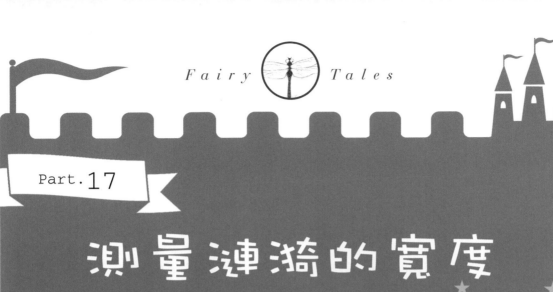

Part.17

測量漣漪的寬度

阿紅是隻紅尾巴的蜻蜓。

每天，他最愛做的事情就是站在池塘邊的蘆葦草上，吹風、看雲、聊天、嬉戲。

自從無意間，他闖進小男孩的書房裡，用一個很奇怪叫做「尺」的東西，量出自己的紅尾巴長五公分後，他的生活就改觀了。

男孩子可能在寫功課吧！用尺測量東西的神態非常認真；阿紅在書房外看了好久好久，不知是感染了男孩子的熱情，還是天生對測量就有一份使命感，當他學著男孩子也把自己的紅尾巴抵在冰冷的尺上，細細地對著刻度瞄準時，他知道，他的生命不一樣了！

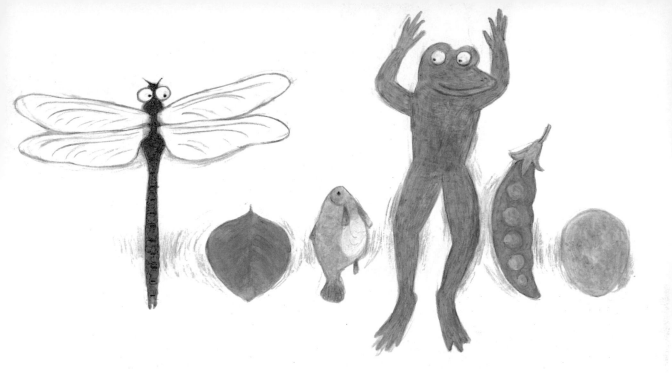

他開始用他的「尺」去測量所有的東西。

他的尾巴長五公分，上面恰巧也有五個刻度；每個刻度，阿紅再用花汁細分成十等分，哇，這麼精確一把「尺」，再細微的毛髮也長短立現。

於是，阿紅開始了他的「測量」生涯。

竹節蟲長六公分；榕樹葉片長三公分；小小大肚魚身長四公分；青蛙的腿長八公分……

這代表什麼意義呢？

小動物們都不明白。

阿紅可振振有辭了：「『測量』是了解你自己的第一

步；當你知道了自己身長幾公分，你的生活才開始充滿意義！」

「測量……充滿意義？」

這一句話，大概是人類的談話吧，小動物們都有聽沒有懂；但蚯蚓聽懂了，他大聲附和：「我的身長有 12.5 公分，是所有蚯蚓中最長的，所以，我是蚯蚓之王！」

蚯蚓先生才剛剛請阿紅量過身長，他對自己的身長非常自傲，所以自己給自己封王。

一句話，點醒了大家！原來，測量可以比賽，測量可以競爭，測量是所有競賽的開始！

一時間，所有的小動物都跑來找阿紅測量了。

量身長、量手長、腳長、翅膀的長、觸角的長、花蕊的長，甚至是舌頭的長度。

每次量完後，動物間總會引起一股爭執，贏的人沾沾自喜，輸的人懊惱不已，甚至為了零點幾公分的計較，大打出手的人也有。

阿紅可不管這些，他認真地長短計較，為小動物們提供一個最正確的長度數據，他說：「有測量，生活才有目標啊！」

這是一段標準無誤的測量生活。

測量漣漪的寬度 ★

但時間久了，該量的都量過了，該比的也都比完了，大家就興致缺缺了：「說什麼測量是生活的意義，舌頭再短也要吃蟲啊！搞不好更敏捷呢？比長比短有什麼用？」

阿紅倒不氣餒。小動物不來找他量，他開始去測量池塘周遭的東西：樹幹的長度、芋頭葉的寬度、蘆葦草的高度，甚至連池塘邊的小支流，阿紅也躍躍欲試，他想要量出河流的長度。

大家覺得阿紅太走火入魔了，測量這些，有用嗎？

阿紅又振振有辭了：「難道你們對這世界不會好奇嗎？你們不想知道樹的長度，花的高度，河流的寬度，這些，是我們生活的全部啊！」

大家又啞口無言了。

阿紅的好朋友阿彩是一隻小瓢蟲，他是獨獨沒有被阿紅測量到的小動物。

圓圓的瓢蟲身子怎麼量啊？

所以阿彩始終冷冷地看著阿紅測量這一切。

當阿紅真的拚了命去測量池塘旁小河流的長度時，阿彩忍不住去攔他：「並不是萬事萬物都一定要測量的！」

「亂講！測量是一切知識的起源，有了測量，我們才

會更了解周遭的生活！」

「難道生活裡的每一個東西都可以測量？」

「當然可以！」

「可是，我的背你就量不出來！」

「那是因為它無法拉成一條直線！」

「無法拉成線的東西很多，雨點可以嗎？光線可以嗎？橢圓形的花瓣可以嗎？或者⋯⋯或者水面上的漣漪可以嗎？」

這句話，阿紅想好久。

雨一下子就不見了當然不可以；光線忽明忽滅也不好量；橢圓形的花瓣無法拉成直線也沒辦法；漣漪⋯⋯可以嗎？

「漣漪就可以！」阿紅篤定地說。

「我不相信！」阿彩信誓旦旦地回應。

「那我量給你看！」

「好！如果你能量出來漣漪的寬度，你愛量什麼我都不管你！」

「一言為定！」

「一言為定！」

「測量漣漪寬度」的活動就此展開。

★ 測量漣漪的寬度 ★

　　一群青蛙在池塘邊看好戲。當他們一隻一隻躍入池塘裡時，水面上就泛出了一圈一圈的漣漪。

　　很美，很圓。

　　但到底，漣漪該如何測量？老實說，阿紅心裡也沒個準。

　　一圈漣漪在水面上泛開的時間約莫一秒鐘，想要在它消失之前把寬度量出來，除非速度、測量快狠準，否則幾乎沒有辦法。

　　阿紅在水面上試了一次又一次。

　　明明他已經估算好了漣漪的直徑，輕盈地在水面上點了兩次水，再起身時，漣漪卻已經消失無蹤，想要再點水都無從點起。

　　大漣漪和小漣漪的距離也不同；湖心的漣漪和湖邊

的漣漪振盪出來的幅度也不一樣；兩圈漣漪又會互相交疊……天啊，真是苦惱，這到底該怎麼測量？

下雨了，青蛙一隻隻都躍進池塘裡，好戲看不出來，躲雨要緊。

阿紅卻依然在雨中孤立。他不相信，憑他精準的這一把尺，會連一個小小的漣漪都量不出來？

湖心上漣漪一圈一圈；蜻蜓點水也一遍又一遍，點到自己都疲了累了，阿紅終於嘆一口氣，站在蘆葦草上喘息。

「如果有個測量圓形的工具就好了！」阿紅痴想著。

「漣漪可以測，阿彩的背也可以測，連——連天邊的彩虹也可以測，金黃色的夕陽更可以測……咦！太陽雨的奇景啊，真是難得！」

是啊！綿綿細雨依然不停歇，但美麗的夕陽卻露出笑臉，彩虹小姐也大駕光臨，這麼美的太陽雨奇景，很多小動物都探出頭來看傻了。

阿紅也怔怔地看著這一切。

很久的時間，他的眼光總是停留在他的那一把「尺」上，看不見其他的東西；現在，離開了這把尺，他被這美景震懾了，他忘掉了測量、圓形、線形，他只是呆呆地看

著這一切，看著漣漪一圈一圈在他眼前擺盪、消失。

「很美，是不是？」不知什麼時候，阿彩來到身後。

阿紅點點頭。

「這樣的美景，量得出來嗎？」

阿紅搖搖頭。

「並不是所有的東西都需要數字來量化的！」阿彩拍了拍阿紅的背。

「了解，很重要；欣賞，更重要。樹幹、河流永遠都在那兒，你隨時都可以測量；可是，太陽雨美景卻是一下子就消失無蹤，如果不把握那一剎那，你會損失更多！」

阿紅若有所悟地搖搖頭，又點點頭。

「所以，漣漪的寬度量出來了嗎？」

阿紅臉紅了。雖然他很想胡謅一個數字給他，但是，習慣了「一就是一，二就二」，他說不出口。

「量不出來又沒有關係，漣漪還是很美，不是嗎？」

是啊，雖然不知道漣漪的寬度，但漣漪還是大方地展現出它的從容優雅，一圈一圈，像一首永不停止的歌。

阿紅又回復到以前的生活了，天天站在池邊的蘆葦草上，吹風看雲，聊天嬉戲。

他偶爾還是會用那把尺為小動物們測量，但再也不鑽

銖必較。

　　小動物們愛和他開玩笑：「尾巴好像快生鏽了，不趕快去量量小河的長度嗎？」

　　阿紅會一本正經地說：「用尾巴雖然很重要，但用眼睛，用心更重要！」

　　「漣漪的寬度到底幾公分？」大家問。

　　「只要盯著漣漪一直看一直看，當你感覺到它很美很美的時候，答、案、就、在、漣、漪、中！」

　　是嗎？

　　每個下雨天，池塘邊永遠有小動物在努力作答！

　　　　　　　　　　　——原載 2008 年 2 月 1 ～ 2 日《國語日報》

Part.18

月光溫泉

「一定就是這裡！」野鼠阿力吆喝著阿森使盡吃奶的力氣往下挖。

鬆軟的土層已被二隻野鼠挖出了一個長長的隧道，再往下，怕就要挖到地心了。

可是，什麼都沒有！

「到底在哪裡啊？」阿森忍不住抱怨。「只有蚯蚓和樹根，連個小水窪都挖不到！」

「這兒準沒錯！我探查過好幾次，溫泉的泉頭一定就藏在這裡！」阿力不死心。

「可是，我們已經撲空三次了，每次你都說準沒錯；事後卻證明錯得離譜！唉！我看這『月光溫泉』根本是騙人的！」

「不會騙人的！」阿力突然壓低聲音，「我聽朋友提過好幾次，月光溫泉珍貴得很，只要我們找得到泉頭，大做廣告，一定可以狠狠賺一筆！」

阿森擺擺手，放下工具，還是不相信的表情。

「告訴你的人，該不會是在開玩笑吧？」

「嘿嘿，別人嘛，有可能；對山的烏鴉可是誠實的傢伙！他親口告訴我：『經過月光溫泉的洗禮，他的人生由黑轉白！』他說得斬釘截鐵，可信度很高！」

「烏鴉總是胡言亂語！」

「黑木上的那隻松鼠也和我咬過耳朵：月光溫泉讓她的毛蓬鬆有型，展開新生命！」

「松鼠的話更不可信！」阿森又打槍。

連講兩個例子阿森都不相信，阿力頹然放下工具，也不知如何是好了。

突然，草叢裡傳來了細細的聲音。

「你們在找月光溫泉嗎？我知道在哪裡！」

「誰？是誰在說話？」二隻野鼠驚恐起來。

「我，在草叢裡！」

阿力翻開高聳的雜草，一眼就看到一隻大蝸牛。

「是你？」阿力阿森笑出聲來，「你這隻外地來的大蝸牛，怎會知道月光溫泉？」

「沒錯！我是千里迢迢從外地趕來洗月光溫泉的！」蝸牛對二隻野鼠的無禮似乎不以為意，「哎呀，趕路趕得好累呀！」蝸牛拚命喘氣。

「洗溫泉？」阿森挑了挑眉。

「是啊，當然是洗月光溫泉。也只有月光溫泉值得我拚命趕來！」

「既然你知道，快告訴我們地點吧！」

「哈哈，別心急，這世上最不需要的就是『快』和『急』這兩件事！且容我賣個關子，跟我走就是了！」

「你走那麼慢，要走多久？」

「嘿嘿，月光溫泉可遇不可求，急也急不了！不跟我走，你們也找不到！」

二隻野鼠只好乖乖地跟在蝸牛後頭走，只是這蝸牛的速度太慢了，走了一個時辰，卻走不到野鼠跳兩步的距離。

「這麼走，豈不要走到地老天荒？」阿力和阿森一把抬起了蝸牛，「算了，就當我們是免費司機，你說哪裡，我們就載你去吧！」

「哎呀，別，別，別，速度太快會讓我頭暈！哎呀，跟風似的，太可怕了！……好吧，就，就，就往森林中最大的一棵松樹去！」

「原來，月光溫泉就在那裡？」阿力疑惑道。

「是！也不是！」

二隻野鼠果然嫻熟森林的地形，沒一會光景，就來到了森林中最大的一棵松樹下。

只見蝸牛慘白了一張臉，「我說過，太、太快，會，讓，我頭暈！」

一放下蝸牛，二隻野鼠馬上拿起手上的工具開始往地下挖。

　　　「別，別白費力氣了！溫泉，溫泉不在地下。」

　　　「不在地下，在哪裡？」阿力愣住了。

　　蝸牛指了指樹尖。

　　　「在樹上！」

　　　「笑死人了，溫泉怎麼可能在樹上？」阿森笑出聲。

阿力卻是一把就抓住阿森的手往樹上爬，也不管蝸牛在下面高聲喊叫。

　　十分鐘後只看見二隻野鼠氣喘噓噓從松樹上衝下來：「騙子，你這個大騙子！什麼都沒看到，只看到一隻老鷹差點把我們抓去當點心！」

　　「我就說，凡事不能急，急嘛！我話還沒說完⋯⋯在樹上⋯⋯但是⋯⋯現在⋯⋯看不到！」

　　「那得什麼時候去？」

　　「我，我來算算⋯⋯」

　　只見蝸牛仰頭估算一下松樹的高度，隨即在地上列出長長的算式，再參考一下今天的日期後，好不容易終於得到結論。

　　「五天！第五天黃昏再上松樹尖，就看得到月光溫泉了！」

　　「黃昏？」阿力似乎有些明白了。

　　「對，不偏不倚，正是黃昏，屆時我們在樹尖相會！哎呀，你們好意載我一程，卻亂了我的行程表，看來，我得重新調整速度了！」蝸牛擦擦汗，也顧不得休息，又開始慢慢往上爬。

第五天的黃昏，阿力阿森在松樹下蓄勢待發。

松樹雖然筆直陡峭，但難不了兩個爬樹高手。

十分鐘的光景，他們倆就上樹了，為了躲避鷹眼銳利，他們藏身在一叢繁密的松針後面，極目遠眺：

黃昏的天空是煙火施放後的定格放大圖，四處流溢了或濃或淡或橘或紅的美麗霞彩，涼風徐徐，金光熠熠，眼前燦爛，眼下壯闊，在這兒欣賞黃昏，真是絕佳景點！

但是溫泉在哪裡呢？

阿森又開始抱怨，反而是阿力沉靜，他說：「耐心點，等月亮出來，就知道葫蘆裡賣的是什麼藥了。」

夜紗很快地籠下來。起先還看見金點，橘點在紗衣上跳躍；慢慢的金點、橘點睏了，籠著紗衣睡著了，轉眼間，天空已一片闃黑。

一道銀光喚醒了沉睡的夜。

月亮出來了。

突然間，阿力發現松樹尖不知何時已站滿了許多動物，小鳥、烏鴉、松鼠、蜘蛛、蜻蜓⋯⋯等，一一在列。

他們倆也從藏身的松針後現身，原以為會得到大家排拒的眼神，沒想到，大夥兒卻是熱烈歡迎，還殷勤地叮嚀著：

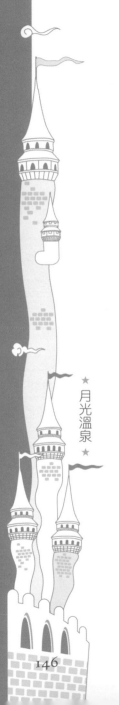

「往上一層，視野比較好喔！」

「等一下記得閉上眼睛！」

阿力眼尖，看到遠處的另一枝椏，蝸牛已經就定位。瞧他氣定神閒的樣子，他的「慢」反而讓他「從容不迫」。

夜色越潑越濃，伸手已不見五指，只有細碎的吱喳聲在耳邊響個不停。

月亮終於露出了純潔寧靜的笑臉。

「好大的月亮啊！」

阿力和阿森忍不住讚嘆。

這麼圓，這麼亮，這麼勻，在平地時他們也看過千百回的月亮，卻從沒看過如此碩大的月海；好像，是面對著一池金黃寧靜的海洋，海洋散發一股魔力，吸引了心，吸引了身，也吸引所有的一切，無聲無息，無邊無際。

阿森和阿力被這情景震撼住，他們痴痴地看著月亮，不知該說什麼，也不想說什麼。

動物們也都靜靜地，靜靜地沉迷在這片寧靜海裡。

月亮慢慢地往上泳去，曼妙的泳法，一點聲息都沒有；當月兒快要勾住松樹尖時，阿力發現所有的動物全都

★月光溫泉★

146

站起來了，大伙兒將手腳羽翅張開，做出誇張的大字形，仰起臉，閉上眼睛……

阿力也跟著做，不過，他偷偷地張開一隻眼：

當月暈籠罩住整個松樹尖時，一陣風來，松尖突地飛上，用力一挑：天啊！月亮破了，一股純白的泉汁噴將而下，衝擊所有動物的臉、四肢、羽翅……充沛的泉汁，晶瑩似奶，滑嫩如漿，兜頭澆下，全身戰慄，通體清涼；而那清涼感還會慢慢往內擴散，頓時感受到身心靈一片輕盈！

阿力心酥了，體鬆了，神弛了，幾幾乎就要飛天而去！

月光溫泉！

這就是阿力尋找已久的月光溫泉啊！

困惑多時的答案終於解開了，但阿力卻不想想太多，他只是滿足地閉上眼，盡情地把自己沐浴在涓涓流下的泉汁裡……

月泉噴完了後，阿力慢慢張眼：咦！月亮沒有縮癟啊？依舊碩大圓淨，怎麼回事？只有風吹去幾枚松針，在月心中縫綴，大概是要將那道傷口縫補起來吧！

接下來所有動物換成躺姿或趴姿，互相招呼著：快來

晒月亮吧！

晒月亮？為什麼要晒月亮？

「當然要晒月亮！」一隻綠鳥侃侃而談。「剛剛的月光溫泉已經洗淨了我們的身和心，接下來當然要把它晒乾。身體要洗乾淨，心靈也要洗乾淨，乾淨清爽的身心最舒服，你不覺得現在身心一片輕盈？」

阿力摸摸自己的心，感覺有，又好像沒有。

不管怎樣，先來晒月亮吧！

晒月亮，好舒服。

銀白的月光，輕柔舒緩，灑在身上癢絲絲的；融進身體裡又冰涼涼的，完全不用擔心晒太久會晒黑晒醜或晒傷。有人一邊晒一邊聊天；有人戴上月亮眼鏡邊晒邊猜謎語；還有人不停地翻身，揚言要將黑色的翅膀晒成銀白色——那可能要晒一輩子吧！

阿力也是前胸晒完晒後背，頭頂晒完晒腳底，他的身心逐漸在放鬆，他果然有輕盈的感覺，好像全身都變成透明的……。

阿森悄悄靠過來耳語：「現在，你還想利用月光溫泉大賺一筆嗎？」

阿力搖搖頭。

「月亮是大家共有的；月光溫泉當然也要大家共享！能被這麼溫潤的泉質滌盪，是此生難得的經驗，我反而要吆喝大家一起來，一生一定要來洗一次月光溫泉啊！」

阿力的心果然洗乾淨了。

注了滿滿一壺的月光，好晶瑩。

晒著月光，阿力阿森倆淺淺地睡了一覺。

醒後，月亮已快要下山了。有些動物已經離開；有些動物卻在樹枝椏築了個簡單平台，一同吃松子，喝露水，高聲吟唱。阿力和阿森也加入了這個聚會，松子好香，露水好甜，月光下的歌聲更加美妙動人。

阿力終究還是幫月光溫泉做了廣告，廣告單就貼在松樹下，廣告詞是這麼寫的：

　　　超強洗淨力！

　　　超棒感受力！

　　　洗脫烘一次完成！

　　　月圓之夜，請上松樹尖，

　　　月光溫泉，

　　　保證讓你從頭到腳，煥然一新！

★ 月光溫泉 ★

Part.19

苔點字

毛綠是一叢青苔。

綠綠的，絨絨的，毛毛的，攀附在一塊石碑的背面。

他剛到這個新環境時，還很細小。爸媽交代來這塊碑上開拓新天地時，他什麼都不知道，只能惶恐地點點頭。幸好，告誡他如何長大的事倒是沒忘：要多喝水，多伸展身體，避免晒到太陽……這些事，他都做到了，於是毛綠從一撮小青苔變成一片大青苔。

石碑立在深山裡，靠近一座廟。

廟裡雖有人群上香，但是鮮少人發現這一塊碑，因為石碑的位置偏僻、陰森，矮小，佇立在一棵大樹下，誰會注意這一塊碑的存在？所以碑旁的野草越來越長，碑上的青苔也越來越濃。

毛綠的勢力範圍也越來越廣了。

有一天，他的頭終於看到了碑的正面。

和背面無異，沒什特別，只是有些凹痕。

毛綠嘆了口氣：「原來我的領地平淡無奇，如果能像爸媽一樣征服石雕、石像，那可有多神氣！」

「你也是一抹平淡無奇的青苔啊！」

毛綠聳然一驚，「誰，誰，是誰在說話？」

他左顧右盼，猜尋不到出聲的人。

「是我啊！毛小子，在我身上那麼久，難道還不認識我？」

「在你身上……難不成，你是……石碑？」

「是的，我是石碑！」

毛綠嚇得差點要縮回碑的背面去了！不過，青苔的使命是有縫就鑽，有牆就爬，他走不了回頭路。

「對不起，石碑爺爺，我的見聞少，請原諒我不禮貌！」

「哈哈，談不上原不原諒，山上的生活太孤寂，有個伴也不錯！」這次毛綠終於感受到石碑身上的顫動，雖然細微，卻是溫暖的！

「石碑爺爺，你不介意我爬到你的身上嗎？」毛綠還是有點兒害怕。

「當然會介意你毀了我英挺的容貌啊！」石碑故做聲勢，「不過，在這裡我也看多了，唉……，哪塊石頭不長苔，哪棵樹木不長苔，你們青苔的攻勢悄然無聲，卻又勇往直前，任誰呀，都不是對手。」石碑好像很感嘆。

「可是，爺爺，有點兒奇怪呢！」毛綠很疑惑。

「什麼事？」

「爺爺在這裡好像很久了，為什麼現在才長苔？」

石碑大笑三聲，「你這抹綠苔倒也精怪！……是的，我也有些年紀了，為什麼現在才長苔？那是因為……」爺爺深深地嘆了一口氣。

　　「我這塊碑是一個和尚立的。和尚在廟裡修行，他在我身上刻了一個字，說，這個字好，立在路旁，大家都看得到，我就在這裡定居了。那時，這裡是一片黃泥地，樹林還在遠遠那邊，我每天風吹日晒，哪有機會長青苔？但是，慢慢地，來廟裡朝拜的香客多了，有人修路，有人種樹，有人立亭，我的身邊也跟著綠意盎然起來。」

　　「和尚很喜歡我這塊碑，每天都會來看我。那時，我也開始長青苔了，和尚怕青苔蓋掉字，大家看不到，所以每隔幾天，就會親自來整理。用刷子刷掉綠苔，用木片除掉綠苔，和尚雖然做得氣喘噓噓，還是很開心，我的身上也始終是光潔無比的。」石碑爺爺說到這裡，臉上浮現出溫煦的笑容。

　　「可是，不久，和尚死了。小和尚對我不理不睬，想到時，就會來看看我，幫我洗刷乾淨，但是，次數越來越少，最後還是忘了我。」

　　「那也應該滿身綠苔了吧！」毛綠想了想。

　　「是啊！廟的香火逐漸鼎盛，不久後，又重修了一條

★ 苔點字 ★

154

聯外道路，我這兒雜草偏布，越顯荒涼，也更少人蹤了。那一陣子，我滿身綠苔，還差點就被一棵樹藤纏上，連自己的面貌都不復見。幸好，我交了一個朋友，他讓我重見光明。」

「朋友？是誰？香客？還是另一個小和尚？」

「不，是一隻狐狸！」

「狐狸？那是什麼？」換毛綠不懂了。

「那是一隻動物，一隻有靈性的動物。有人說狐狸是老和尚養的，也有人說是從山那頭來的，我也不清楚，反正這隻狐狸老是在我身邊打轉，有時，用兩隻腳蹭蹭我；有時，用兩隻手抓抓我，偶爾，還會站到我頭上向遠處眺望……我喜歡這隻狐狸，也習慣了這隻狐狸，有他在，我又恢復成一塊光亮照人的石碑了。」

「狐狸呢，不來了嗎？」毛綠聽得很入迷。

「狐狸陪了我很久，都快變成一隻老狐狸了。有一天，老狐狸老了，再也不能來摸摸我、蹭蹭我，我又失去了一個好朋友……」爺爺聲調很低迷。

「然後，你就來了！」

「原來如此！」毛綠一副恍然大悟的樣子。

「爺爺，對不起，我的出現可能會讓你『面目全

非』，不過，那並非我的本意，青苔總是有青苔天生的使命。」

「你以為我還會介意外表的美醜啊？哈哈哈，我也是一顆有靈性的石頭啊，自然界的生死枯寂，我看多了，這些，我並不在乎！只是，心裡難免有點小小的失望……」

「失望？為什麼？」毛綠覺得爺爺好有學問。

「我處在這個偏僻的地方已經好久了，我有很長的時間沒有聽人念出碑上的字。這是一個好字，好字就要常常說，常常念，字才會有意義。可惜，我被看見的機會已經很少了，如果青苔又爬滿身，會注意到這塊碑的人就更少了，多可惜啊！」

石碑爺爺說完，深深地嘆了一口氣。

「原來是因為我自己……」毛綠也無可奈何。

「那麼爺爺是希望有人再念出這個字嗎？」

「當然啊！」

「如果我來念，好不好？」毛綠神氣地抬起頭。

「你會嗎？」

「爺爺，可別小看我哦！我有門獨特的『點字』功夫，是當初自立門戶時，爸媽特別傳授給我的。只要我用身體點滿石碑、石像或石雕的一個字或一幅圖，我就會立

刻知道這個字或圖是什麼意思，那時，我就可以念給你聽了，了不起吧！」

「了不起。不過，可能嗎？」石碑爺爺還是有點不相信。

「當然有可能！我的一個曾曾祖父，住在一幢大宅院的門牆上，他就識得了好多的圖和字；另一個堂兄弟住在一塊石匾上，他的學問也很淵博……這是我爸媽說的。」

「也許吧！如果識得，最好；如果識不得，也是命！」石碑悠悠地說著。

「放心吧，爺爺，你好好等著。青苔點字不容易，就讓我露一手功夫讓你瞧瞧！」毛綠望了望碑前深淺不一的凹痕，雄心萬丈地點點頭。

從此，毛綠，這叢青苔，更來勁了。

他每天的工作就是將自己盡量地伸展，向上、向下、向左、向右，向石碑上任何一個光潔的表面。

除了擴張領地外，他還要施展他的「點字」功夫，用心力去感受這到底是什麼字。他常常在占領完字的一個筆畫後，向石碑爺爺做心得報告。

「這個筆畫很有力量哦，這一定是個有力的字……」

「這個筆畫裡有個小凹洞，瞧它的形狀，應該是一隻

蛾誤飛誤撞吧？」

　　「中間的這個筆畫好肥壯，刻字的老和尚還真有力氣！」

　　「哈哈，這個筆畫裡竟然有個大洞，還殘存著許多露水，太好了，我可以大塊朵頤了……」

　　秋冬陰冷的天氣裡，毛綠滋長得很快，石碑的正面他爬了一半，每一叢青苔都穠綠發亮。

　　春夏炎熱的天氣裡，毛綠就病懨懨的，青苔枯了一大叢，只要有個木片隨便一刮，他就前功盡棄了。

　　「不行啊，爺爺，」他乾枯地喊著，「我可能點不了字，陽光好毒辣……」

　　石碑爺爺笑呵呵地說，「放心吧，毛綠，你的生命力是無人能及的，打起精神，別垂頭喪氣……」

　　四季的風就這樣輕輕吹過。吹過青苔，吹過石碑，吹長了野草的葉子，也吹壯了大樹的枝幹，更吹過廟門前的銅鐘，鐘聲隨風而逝，在天空留下一縷長長的尾音。

　　那是個秋日的早晨。朝陽的霞光將山色漆染出一片金黃，所有的景物都融化在這片金黃裡，光彩熠熠，生氣勃勃。

　　「爺爺，我終於點完字了！」毛綠大聲地喊著，長久

的工作終於完工，他的心裡非常高興。

「嗯，我曉得，我已經『改頭換面』了！謝謝你！」石碑爺爺的答話很有趣。

是的，這是一塊布滿了斑駁青苔的石碑，濃濃的綠苔蓋住了碑的正反面，任何人一看就知道石碑歷經了長時間歲月的磨洗。

「你知道，好困難啊！我花了好多時間！」

「嗯……」

「有好幾次，我都快撐不下了，真辛苦啊！」

「嗯……」

「爸媽說只要能占領一個領地，就表示長大了！」

「嗯……」

「點字終於成功，不過，這是什麼字……我怎麼還不知道？」現在換毛綠疑惑了。

「爸媽說，點完就會知道啊……難道我的功力還不夠？」

「嗯……」

石碑爺爺早就知道會有這個結果了。

雖然，他也想知道答案，不過，住在山上那麼久，他早就明瞭世界上的任一件事物並不一定都要有答案。

可是毛綠不能接受。

「對不起，爺爺，一定是我不夠認真，才會點不出字來，哇！我失敗了……」毛綠大哭。

「噓，小聲，有人來了。」

一對父子往石碑的方向走來。帶頭的爸爸拿著木杖劈荊斬棘，小兒子跟在後頭。

「爸爸，這兒有塊石碑！」

「嗯，古道上常常有人立碑。這段路不好走，我們在這裡休息一下。」

「爸爸，這塊碑好舊，都長滿青苔了！」

「應該是廟裡的和尚立的碑吧，聽說，開山祖師曾在這附近立下碑，祖師很仁慈，還會有狐狸、鳥兒跟隨呢！」

「爸爸，碑上有字！」

「看得出來嗎？」

「青苔太厚了，看不太清楚……不過，哈！厚厚的青苔倒是把字凸顯出來，你看，這裡那裡，特別綠……」小男孩高興地喊著。

「到底是什麼字？」

男孩仔細地看了好久……

「**和**！『和氣』的『和』，『和平』的『和』！」

「果然是好字！」

爸爸和兒子笑開了。

爺爺和毛綠眨了眨眼。

石碑靜靜的。

青苔靜靜的。

陽光刷地一聲灑下光影，遠處，鐘聲響徹山林。

★ 苔點字 ★

162

Part.20

葉落之後

葉落之後，會是如何？

這件事，小船兒想了很久很久。

一、落葉身分證

小船兒是一片船形的菩提樹葉，站在高高的枝頭上，有一段時間了。

每天，他的工作就是盡情地玩樂。和風捉迷藏、和太陽公公打招呼、為小鳥完美的演唱喝采；偶爾，他也會調皮地甩起長尾巴，朝樹幹上的小蟲子打過去，「呀荷！全壘打！」小蟲嚇得落荒而逃，而一群葉子的笑聲，把陽光吵得更亮了！

每天，日子都很精采。

但是小船兒漸漸長大了，當深沉的綠也開始浮上一點點的斑點，土色的葉柄有氣無力，小船兒知道，那一天，

葉落的那天，很快就要到了！

「落葉呀，沒什麼大不了……」，下面葉層傳來的耳語多又密：

「會被風吹跑了！」

「會被泥水漬爛了！」

「會埋進深深的土裡，消融了……」

這些，小船兒統統有聽沒有懂。他抓緊時間晒著甜蜜蜜的陽光，讓風吹破嘩啦啦的耳語，隨風遠揚。

可是，「時間」這東西，不曾遺忘他。

他的葉面上斑點越來越多，綠色褪盡，焦黃盤踞，精神氣力也一日不如一日。有一天，當他發覺葉柄鬆軟無力，再也無法撐住他那一點重量時，他知道，該來的，就要來了。

他抬起頭，對著藍藍的天再看一眼──「叭噠」一聲，沒有想像中的疼痛，沒有依依不捨，小船兒輕輕飄下來，成了一片「落葉」。

這棵菩提樹並不高，但小船兒生長的地方恰巧是樹冠，所以，他的掉落，從樹梢到地底，盤旋了一段時間。

落葉落下時，所有的葉子都停止了喧譁遊戲，他們懷著敬意，靜靜地施行「注目禮」，不敢以身相撞擊。

落葉的姿態是美的，是無懈可擊的，他們必須去成就並欣賞這最後一次的演出。

小船兒感動了，他感受到身為「落葉」的榮寵和尊重，但卻只有短短的幾秒鐘。當葉飄落地，沾染上泥土的腥臭時，這一切，全都結束了。他只是一片落葉，一枚破敗且即將消失的葉子，躺在骯髒的泥地上，等待生命旋律裡最終的休止符。

樹梢的葉子，還是青翠如玉，鏗鏘作響；但，落葉

們，卻是失望惆悵，奄奄一息。

「喂！醒一醒！看看你的落葉紀錄吧！」一隻蚯蚓突然叫住了小船兒。

「落葉紀錄，那是什麼東西？」

「這是落葉特有的身分證，你是 12 分 56 秒時掉落下來的吧！」

「我不知道，剛剛才掉下來的……」

「陽光走到這裡的時候是吧！」

「是的！」小船兒還是懵懵懂懂。

「那就是 12 分 27 秒了……真是的，陽光的刻度又被地鼠磨平了，叫我們如何判讀？」

小船兒搞不清楚這是什麼情況。

「好了，用你的葉尖在這兒蓋個章，這個身分證就屬於你了！這是你一生的紀錄，收好了，雖然不是頂重要，但好歹也是一種回憶！動作快點，今天預計還有八片葉子要落下來，我的工作很忙……」

小船兒從來沒有聽過「落葉身分證」這個東西。他想，在樹梢聽了那麼多的耳語，竟然沒有一個是對的。

他打開身分證：一小片透明的貼紙，上面劃著一道歪七扭八的曲線，旁邊寫著：

姓名：菩提樹葉。

年齡：一個月 10 天。

方式：自然落下。

貼紙下緣又浮貼著兩枚淡淡的影子，就沒了。

他急忙叫住蚯蚓：「請問，這條曲線是什麼？」

「這是你剛剛從樹梢掉落下來的曲線圖嘛！」

「曲線圖？」

「你剛剛掉落下來時是不是轉了六個圈三個弧外加一段直線……這是我在地面上測到的，唉！準確無誤啦！」

「這兩枚影子是──」

「顏色深的是陽光下的影子，顏色淡的是月光下的影子，你以為我們在地底是吃飽沒事幹呀，收集這些很累人的……」

「真的是我的影子嗎？」

「對對看身形不就知道了！」

小船兒把影子一抖、一罩，葉柄葉尖葉形葉縫都完全吻合，果然是自己的影子無誤。

「那，這『身分證』有什麼用途？」

「一、它有保護裝置，不怕風吹雨打日晒霜雪，短時

間內不會腐朽。

「二、它有著特殊的氣味，所有小蟲會敬而遠之，不敢侵咬！

「三、秋風還加贈『自由飛行』三日遊。」

蚯蚓的回答很簡潔。

他還想問更多，但蚯蚓已鑽入泥士裡，不見蹤跡了。

「沒想到，葉落之後，還有新鮮有趣的事兒，這好像不是一段結束，而是一段開始呢！」

身分證是張特別的貼紙，上面有泥土的腥味和蚯蚓的唾液，氣味濃烈；但貼在小船兒的葉柄上，他卻感覺心情很篤定。

兩枚影子，淡淡的，香香的，是什麼時被拍下來的呢？有颱風的夏天……月圓的夜晚……該不會是夏蟬開演唱會、熱得要命的那個下午吧……

突然一聲招呼：

「小船兒？我找了你好久，終於找到你了！」

「小瓢蟲？能再看見你真是太好了！」

小瓢蟲是小船兒在樹枝上最要好的朋友。從小船兒出生開始，小瓢蟲就把他當成一個舒適的家，不嫌棄他葉子太薄、葉面太窄，安穩地住在上面長大。春天、夏天、強風、烈雨，他們都一同經歷過了。

「沒想到你那麼快就掉下來了，沒有你的陪伴，我真不適應……」小瓢蟲有些難過。

「我是葉子嘛！是葉子就會掉落，這是大家必經的歷程，逃避不了的。」

「可是，我好懷念在樹梢上和你一起玩樂的時光，那段日子，真快樂！」

「現在的日子也不錯，你看，我有個身分證，還有兩枚影子陪著我，搞不好，以後，我會飛，我就可以體驗一下飛行的快感了。」小船兒故意把話說得很輕鬆，其實他心裡也是有些落寞。

葉落之後 ★

「哇！身分證！聽說，只要是貼上身分證的落葉都會得到大家的尊敬和禮遇，看來，我得要對落葉小船兒行上最敬禮了！」

小瓢蟲故意裝模做樣，惹得小船兒哈哈笑。

「不過，接下來你要去哪裡？從那麼高掉到這麼低的地方，一定不習慣！」

「是不習慣，不過，這泥土地還真結實，我終於知道踩在泥地是什麼樣的感覺了……啊！小心！什麼怪物？」

小船兒話還沒完，突然從草地裡竄出一隻螳螂，揮舞著兩隻大剪，一把就攫住小瓢蟲的腳。

一向在枝葉間飛行的瓢蟲終於發現自己來錯了地方。

「求求你饒了我，螳螂先生，我只是來找我的朋友——」

「哼！」螳螂一句話也不吭，只是冷漠地舉起大剪，對著瓢蟲，就要揮下……

「快！小瓢蟲，撕下我的身分證，貼在他的眼睛上，快！」

這瞬間真是容不下一點點的遲疑。

幸好小瓢蟲雙手伶俐。

也幸好剛出土的身分證氣味濃烈，觸感特別。

螳螂沒想到小瓢蟲竟會反擊，一個奇怪的東西，突然貼上眼睛，痛得他大聲喊叫，兩把大剪一鬆，小瓢蟲就順利地虎口逃生了。

　　「可惡！這片葉子，壞了我的好事，看我不把他踩個稀爛……」

　　撕下貼紙的螳螂，轉而將矛頭對準小船兒，舉起他強勁的大腳，一腳就想踩下……

「小船兒，快逃啊！」小瓢蟲大叫。

風，突然吹起了，強烈的風勢，捲起滿天的落葉，就像是漫山遍野的蝴蝶。

小船兒也在其中。他抖著黃巴巴的身體，顫抖地大叫：

「呀荷！我終於會飛了！飛行的感覺是這麼自由，我要去看一看另一個不同的世界……」

二、發光的蝸牛殼

秋天的風總是張狂。

小船兒被吹到遠遠的不知名的地方。他停留在一個破敗的牆角，牆角裡堆積著些許的垃圾：廢棄的木板、腐朽的家具、髒臭的塑膠袋、飲料罐，以及滿地灰灰褐褐的落葉。

沒了「身分證」，小船兒就變成一枚不知名的落葉了。他再也享受不到落葉的諸多禮遇，更糟的是，他很快就會腐朽，也許一夜之間，就會不成葉形……

「沒關係，起碼我的身分證還有點用，它救了小瓢蟲，他可是我最好的朋友，犧牲一點點是值得的！何況，」小船兒抖了抖身體，「我還有兩枚影子……」

陽光影子和月光影子還牢牢地黏在小船兒身上，這兩枚影子讓小船兒心安，他想起以前的一些事，他畢竟有著燦爛的過去。

眼下的世界卻是一個完全不同的世界。除了破敗和髒亂外，所有的落葉都殘缺不全：撕裂、焦黑、蜷縮成一團，還有一枚只剩一根枯柄的……小船兒看了很心驚；此外，他們也很沉默，默默地不說一句話，沒有眼神，沒有手勢，好像一旦從樹梢落下，所有的話語都是多餘的，只能消極地等待「死亡」。

小船兒知道自己以後也可能變成這個樣子，他恭敬地對他們點點頭，卻沒有一片葉子答話，他的眼角溢出了一滴淚水。

他努力地想去適應這個新環境，但這個環境太陰暗了，儘管二十公尺外人聲車聲吵雜鼎沸，牆角卻彷彿被遺棄了一般，沒有人投來一眼，沒有貓狗進來轉一圈，連風也不願意來探個頭，似乎，這兒是另一個幽冥世界。

當小船兒發現那隻蝸牛時，心裡非常高興。

小蝸牛正沿著牆角慢慢爬，到底爬到哪裡去，所有的落葉都沉默地張望。

蝸牛白天攀爬，夜晚休息。牆角上垂下來的綠色藤

蔓，有足夠的露水，讓他休息解渴。

　　當小蝸牛爬到小船兒附近時，小船兒叫住了他，他寂寞太久，很需要一個人來聊天講話。

　　「你該不會是想要爬到牆頭去吧！」

　　「喔！是你呀，小葉子！……沒錯！我正是想要爬到上面去。」

　　「上面很遠……」

　　「我知道，沒有一個地方對我而言是近的。」

　　「所以，你還是堅持要爬？」

　　「有何不可！」蝸牛爽朗地大笑起來，「我還爬過一個三層樓高的大樹呢！」

　　「爬上去之後呢？」

　　「再爬下來呀！」

　　「那不會很浪費時間？」

　　「探索是一種樂趣，激發潛能也是一種樂趣！我的存在，就是為了爬，不停地爬！」

　　小蝸牛的話有點深，但倒不失為一個很好的聊天伴侶。

　　從此，小船兒和小蝸牛就聊開來了。

　　小船兒問小蝸牛：「你的殼裡面有什麼？」

「什麼都沒有。」

「沒有也算一個家？」

「有何不可？」蝸牛又笑起來。「只要讓我躲在裡面很安全，那就是一個舒服的家。」

「我很想進去參觀參觀。不過，進不去吧。」

「要進來我家是有些困難。我的家雖然棒，但卻有一個缺點，沒有燈，太暗了！」

「不能塞個發光石或是借點螢火蟲的光什麼的嗎？」

「不行，空間太小了！塞了東西，我的頭就只能吊在半空中！」

小蝸牛做個奇怪的表情，兩人開心地大笑。

「如果……嗯！我是說，如果是個會發光的、軟軟薄薄的東西呢？」小船兒很靦腆地說出口。

「當然好啊，可惜找不到！」小蝸牛無奈地說著。

沉默了好一會兒後，小船兒開口了：「小蝸牛，你爬來我這裡，我有個禮物送給你，會發光的禮物！」

「真的嗎？」

「是的，那是我的一枚月光影子，在黑暗中，會發出淡淡的月光，剛好適合給你家點燈。」

「難怪晚上看見你，總是有個淡黃色的光暈。會不會

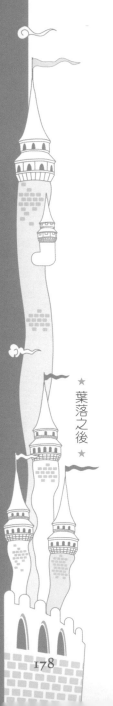

太貴重？」

「不會的，因為你需要，所以送給你，快爬來我這兒吧！」

雖然蝸牛答應盡力趕到，但小船兒可等了兩天兩夜。

收到這枚月光影子時，小蝸牛好感動，他從沒想到他的家可以在夜晚發亮；尤其是這麼輕薄鬆暖的影子，光是枕著它就讓小蝸牛全身舒服。

「可是，我拿走了你最貴重的東西——」

「沒什麼。我的生命快消失了，不送給你，有朝一日，它也會不見的；何況，我還有陽光影子，有它陪著我，我不會寂寞。」

「我好像沒有什麼東西可送你……」

「你已經送給我一個會發光的蝸牛殼了，你的背影多美麗，我會好好地記住它的！」

小蝸牛不知道要說什麼，他只有用他美麗的蝸牛殼背影，陪了小船兒一整夜。

隔天，小蝸牛又開始往他的目標出發。

他才爬走，世界就開始下雨。起初，兩人都不在意，繼續有一搭沒一搭地聊天；但雨勢滂沱一夜後，小船兒以他特有的敏銳發現事情不對勁了，他高聲地對著小蝸牛

說：

「你最好趕快趕路，要淹大水了，你若爬得不夠高，水會把你沖走。」

小蝸牛也對這陣大雨感到害怕。他想爬高一點，尤其是牆頭高處濃密藤蔓的後面，躲在裡頭，應該安全。

小蝸牛日夜兼程地趕路。月光影子恰巧給了他很大的方便，在闃黑無人的夜裡，雨勢像潑水般猛烈時，總有一方亮光，溫暖沉靜，指引小蝸牛持續不斷地往上爬。

終於爬到藤蔓的那一天，整個世界開始淹大水。

陰暗的角落也逃不了淹水的惡運，混濁的水勢開始攻擊：木料鬆動了，家具飄浮著，而滿地的落葉、塑膠袋、空罐也四散奔流。

「好朋友，再見了！」滔滔的水勢中，小蝸牛隱隱聽到這句話，他也大喊：「小船兒，再見，再見……」

三、這個世界真美麗

小船兒從沒想過水的力量可以這麼大。把牆角沖垮了，路面侵蝕了，把東西泡爛泡臭泡壞，世界也差點悶餿了。

小船兒就是一個受害者。

　　他的葉面已經腐敗而毀壞，葉形也嚴重損毀，葉柄更是鬆垮垮軟趴趴，隨時都準備掉落。雖說這是落葉的標準形貌，小船兒還是很難過；更糟的是他現在卡在一個陰暗的水溝裡動彈不得，該不會，這就是他終老的地方吧！

　　「好臭的水溝，大水為什麼不乾脆把我沖到海裡？」

　　「與其待在這兒與蚊子、蟑螂為伍，我寧可死掉！」

　　和之前的沉默迥異，這是個熱鬧的水溝，永遠充滿抱怨和咒罵。剛開始，小船兒很興奮，有聲音總比沒聲音好；但時間一久，小船兒也靜靜不發一語了，這世界最不缺乏的就是抱怨和咒罵。

　　跟他不發一語的還有一顆圓圓的東西。

　　很奇怪的東西。

　　他不講話，可是卻經常露出痛苦的表情；有時還會傳來一陣呻吟！

　　在一次突如其來的尖叫後，小船兒忍不住對他說：

　　「需要我幫忙嗎？」

　　圓圓的東西脹紅了臉，害羞卻又絕望地說：

　　「不用了，我想，我快死了！」

　　「快死了？為什麼？」

　　「因為我很痛！每天我都很痛，痛得好像有什麼東西

要從我身上爆開，所以，我想，我大概快要死了！」

小船兒仔細地端詳他：被水浸過身子圓圓鼓鼓脹脹的，外表看起來雖然痛苦，不過卻也很結實。

這應該不是死亡。死亡是虛弱的，無力的，苟延殘喘的，像小船兒此刻一樣。

「難道，他是……」小船兒心中忽然一動。

「你是不是覺得胸中一直有個東西要撐出來？外殼好像要被扒開？內在好像要斷裂？」

「對對對！你是醫生嗎？你怎麼知道我現在的感覺？」

「我不是醫生，我只是過來人。你是一顆種子，種子，是吧！」

「我不知道，我一出生就滾進這個水溝裡，剛開始在水溝裡很愉快，浸水浸得很舒服，不過，自從淹入水後，我的痛苦就開始了，我以為我快死了。」

「傻瓜！你應該是快要發芽了！」

「發芽？那是什麼東西？」

「種子一旦成熟就會發芽，發芽是成長的象徵。一顆種子要發芽長大，必須陽光、土地、水三者的配合，你躲在陰暗的水溝裡還能發芽長大，真是奇蹟，生命果然無處

不在。」

　　「可是，我已經痛很久了，還發不了芽，你可不可以
幫幫我？」

　　「幫幫你？我是個殘破的落葉，能幫你什麼？……對
了，我身上還有一方陽光影子，如果不嫌棄的話，就披上
它吧！」

　　「這是什麼？」

　　「那是我年輕時，在太陽照射下，所留下的一方完美
無瑕的影子。在這陰暗的水溝裡，你一定體會不出陽光多

麼美好：閃閃發亮，充滿熱情，氣味乾爽⋯⋯」

「我是真的沒有晒過太陽，不過，這方影子披在身上好舒服，我開始喜歡這個叫陽光的東西了！」

「是啊！它會讓你慢慢地發芽茁壯，從水溝的裂縫裡挺出強壯的枝葉，然後，你就會知道自己是一棵什麼樣的樹了！也許是一棵菩提，葉子有長長的尾巴；又或者是龍眼，會結出很多的果實來；高大的木棉也不錯，它的花色最炫爛了⋯⋯」

小船兒說著說著，就閉上了眼睛。沒有陽光影子，他

好冷。

一大群蟑螂突然從水溝縫中冒出來，像行軍似地，踩得小船兒嘰嘰響，轉眼間，小船兒就碎成片片，再也不成葉形了。

「你還好吧？」種子很驚駭。

「我不好，不過，我很高興……」小船兒呻吟著。

「我會加油努力發芽的！」種子突然流下淚水。

「是的，發芽，去看見陽光、微風、小瓢蟲、小蝸牛，以及一切一切……」

一陣大水嘩啦啦沖過來，沖走髒臭的東西，也帶來另一些奇怪的東西。

小船兒，不見了；連一點點殘破的葉片都沒有。

金色的陽光突然闖進陰暗的水溝裡，帶來一片明亮。

一顆種子終於冒出綠色的芽尖。

嫩綠的芽尖，一探出頭就大聲說：

「這個世界真美麗！」

—— 本文獲得 2009 年教育部文藝創作獎

教師組童話類佳作

2013 年 3 月改寫

葉落之後

那些生活中毫不起眼的優雅 ◆徐錦成
——《月光溫泉：亞平童話》賞析

1

　　春日午後，看完亞平的童話稿件，我悄然掩卷，明知出版社編輯等著我交一篇短評，但我毫無提筆的意願。心想著：我不如上頂樓陽台，看看我一向疏於照料的幾盆花草，或許會在某一盆蘭花裡發現一隻小瓢蟲隱身其中，我亦不妨想像一下牠的旅程，如何而來？往哪裡去？這樣，我或有機會寫出一篇「亞平童話」。——我私心以為，亞平可能更希望讀者讀完她的童話有這樣的反應，而非急著想寫一篇論述。

2

　　我向來喜歡揣測創作者的靈感來源。我猜想，亞平必是個懂得享受日常生活的人，她擅於從生活中毫不起眼的細節去發想童話。

　　生活是什麼？對大多數的現代人來說，那是一連串忙著應付的瑣事，能應付過去就不錯了，誰有閒情逸致停下腳步欣賞。但亞平的童話在在提醒我們，美就存在於生活中毫不起眼之處。如同那顆小露珠所說：「我是顆漂亮的露珠，我要待在芋葉上，等待欣賞的人來。有眼光的人，會為我的美所吸

引，如果能等到他的一句讚嘆，那我這一生就值得了！」（〈芋葉上的小露珠〉）懂得欣賞生活的人，看到的是更美麗一點的小世界、過的是更閒適一些的小日子。

欣賞生活的方法具體來說是什麼？亞平在多篇童話中提示了：要打開五官、發揮五感，去看、去聽、去嗅、去嚐、去觸摸、去感受。

仔細觀察過小葉子嗎？（我們是否都只注意美豔的花朵呢？）聽過軟風兒鑽過小葉子身上毛毛蟲所咬的破洞的聲音嗎？（〈小葉子〉）

鬼針草說：「下午三點鐘的陽光最醇最美。」你發現這個祕密了嗎？（〈鬼針草〉）

專注聆聽過夏日蟬聲嗎？會不會只把它當作生活中的背景音樂，等到夏天過去才赫然發現蟬聲已遍尋不著了呢？（〈蟬和夏天〉）

分辨得出各種香簾的不同氣味嗎？（〈賣香簾〉）

嚐過不同口味的三明治之後，曾想像過一種屬於你自己的三明治嗎？（〈雪藏三明治〉）

晒過月亮嗎？「銀白的月光，輕柔舒緩，灑在身上癢絲絲的；融進身體裡又冰涼涼的，完全不用擔心晒太久會晒黑晒醜或晒傷。」（〈月光溫泉〉）

讀得出石碑上青苔所寫的詩句嗎？（〈苔點字〉）

……

無庸置疑，台灣童話家中，讀之令人五感大開者，亞平名列前茅。

3

　　亞平是詩人,她寫的童話帶有詩的氣質。若不是詩人,我難以想像能寫出〈芭蕉詩句〉這樣的童話。在詩人亞平眼中,不只芭蕉爺爺寫詩,連夜鶯、瓢蟲、金龜、蝴蝶、蜜蜂……都是詩人。

　　亞平的詩有時直接鑲嵌在童話中,例如〈芭蕉詩句〉中,芭蕉爺爺膾炙人口的力作〈月光〉。但有時卻並非分行排列的「詩樣子」,而是自然地藏在文章之中,不過喜歡詩的讀者應該也不難發現。例如:

　　風來了,風聲不是窸窸窣窣,而是吟哦有致的讀詩聲。
　　雨來了,雨聲不是淅瀝淅瀝,而是清脆悅耳的念詩聲。(〈芭蕉詩句〉)

　　它雖然是「散文式」的排列,但讀者很容易聯想到「對仗」這個寫詩常見的技巧。又如〈誰來挑戰盪鞦韆?〉的開頭:

　　秋天的陽光,像顆夾心糖,外表酥脆,內在柔軟,輕輕一咬,還流出虹似的光芒。趁著北風還沒來肆虐,許多小動物都出來晒晒暖。晒晒暖,晒晒心,大家說,晒暖了秋陽,冬天即使再下十場雪,心都還暖著呢!

這一整段文字，根本就是一首散文詩。又譬如：

初雪，總是不按牌理出牌。（〈雪藏三明治〉）

這句話置於任何吟詠初雪的詩句中都不會顯得遜色！若不信，不妨這樣再讀一次：

初雪
總是不按牌理出牌

亞平曾以〈雪藏三明治〉成為九歌2007（九十六年度）童話獎得主，當年的「年度童話選」主編黃秋芳說亞平：「繞著『大自然』和『字的經營與認識』雙主軸，慢慢確立出一種充滿悠然情味的『個人品牌』。」而所謂「字的經營與認識」，難道不是詩嗎？

4

生活是一連串毫不起眼的瑣事，但因為張開了五感、因為詩，而成為一篇篇優雅的童話。亞平童話沒有喧囂與激動，但宛如一杯清香回甘的熱茶，這一味，不僅是生活中不可或缺的，也是台灣童話界不可或缺的。

童話列車10

月光溫泉

亞平童話

著者	亞　平
繪者	許文綺
主編	徐錦成
執行編輯	鍾欣純
發行人	蔡文甫
出版發行	九歌出版社有限公司
	臺北市八德路3段12巷57弄40號
	電話／25776564‧25707716
	郵政劃撥／0112295-1
九歌文學網	www.chiuko.com.tw
印刷	晨捷印製股份有限公司
法律顧問	龍躍天律師‧蕭雄淋律師‧董安丹律師
初版	2013（民國102）年7月
定價	280元

書號	0173010
ISBN	978-957-444-889-0

（缺頁、破損或裝訂錯誤，請寄回本公司更換）

版權所有‧翻印必究 Printed in Taiwan

國家圖書館出版品預行編目(CIP)資料

月光溫泉：亞平童話 / 亞平著；許文綺圖. --
　　初版. -- 臺北市：九歌, 民102.07
　　面；　公分. -- (童話列車；10)

　　ISBN 978-957-444-889-0(平裝)

859.6　　　　　　　　　　　　　102010013